이 책의 일부 표기와 맞춤법은
입말을 그대로 살려 실었습니다.

오늘도 거절을 못했습니다

이지현

Book Around

프롤로그

왜인지 모르게 갑자기 그런 생각이 들었다. 너무 등신같이 살아서 억울해 죽겠다고. 나의 이 거지 같은 소심함 때문에 놓치고 산 것들이 너무 많은 것 같다고. 그건 '꿈'이기도 했고 '사람'이기도 했으며 결국에는 '나'였다.

있는 그대로 나를 인정하고 사랑하라고 외치는 시대에 나는 도무지 나를 사랑하지 못하는 시간을 지나고 있었다. 미워할 수밖에 없는 나의 면모들. 지긋지긋한 주저함, 소극적인 태도, 전전긍긍하는 소심함. 이 모든 것들을 깨끗하게 도려내고 싶었다.

그런 마음으로 글을 쓰다 보니 진짜 '나'는 누구인지 알지 못하는 내가 남았다. 글을 묶어서 한데 모아놓으니 더욱 그랬다. 성공보다는 여유가 좋다더니 갑자기 또 욕망에 솔직해지자고 하질 않나. 변한 내가 좋다고 했다가 또 바보 같다고 하질 않나. 서로 상충하는 글이 쌓이기도 했다. 결국 인생은 죽을 때까지 '나'를 찾아가는 여정인가보다.

 나를 확실히 아는 데는 실패했지만, 글쓰기를 통해 주체적인 삶을 살 수 있을 것 같다는 확신을 가졌다. 열심히 쓰다 보니 전보다 덜 주저하게 되었고, 전보다 덜 망설이게 되었다. 그거면 된 거 아닌가. 무엇이 됐건 아낌없이 다 저질러 버리고 싶어졌으니 말이다. 그런 마음으로 쓰고 또 내놓는다. 조금 쑥스럽기는 하다.

목차

혼자 먹는 점심이
더 좋은 사람

사람이 너무 싫다. 더 정확하게 말하자면 사람을 사귀는 데 관심이 없다. 물리적 나이로 보면 "요즘 MZ들이란, 쯧쯧"이라고 혀를 차는 꼰대에 가까워야 맞지만, 마음만은 '요즘 것들'로 회자되는 Z세대인 셈이다. 조직에서 일할 때 가장 힘겨웠던 것 중 하나는 바로 '인사'다. 인사 이동할 때의 그 인사 말고, 만나면 반갑다고 하는 그 인사다. 사무실에 들어서면 밝고 명랑하게 한껏 목소리 톤을 높인다. 그다지 반갑지 않은 게 진짜 속마음이었지만 그 순간만큼은 가식을 떨어야 했다.

한껏 텐션을 올려 밝게 소리친다. "좋은 아침입니다", "오늘도 수고하셨습니다." 하라니까 열심히 했지만, 마음 같아서는 생까고 싶었다. 그 정도도 하기 싫으면 때려치우라고, 인사는 기본 중의 기본이라고, 동료들과 잘 지내는 것 역시 사회생활이라고, 그것도 안 하면 진짜 답이 없다고. 대다수가 그런 반응이라는 것도 알고 있다. 역시 나는 사회 부적응자가 맞나 보다. 일만 잘하면 되는 거지, 왜 굳이 인사까지 잘해야 하는지 도통 모르겠으니까.

많은 관계를 맺다 보니 지친 나머지 변해버린 건지, 원래부터 이런 인간이었는지는 나도 잘 모르겠다. 확실한 건 내 기분과는 상관없이 텐션을 한껏 끌어올려서 가식을 떨어야 하는 사회생활이 무척 피곤하다는 사실이다.

인사만큼 힘든 건 점심시간도 마찬가지였다(회식은 너무 당연하니까 언급하지 않기로 한다). 첫 직장에서는 팀원들 모두가 자연스레 함께 나가서 점심을 먹었다. 메뉴를 고르는 선택권이 나에게까지는 잘 오지 않았다. 먹고 싶은 것을 먹지 못하는 것은 둘째 치고, 편하지 않은 사람들과 얼굴을 마주한 채로 밥을 먹는 시간이 너무 고단했다.

관성처럼 이어지던 점심시간을 도저히 못 견디겠던 어느 날, 은행에 볼일이 있다고 거짓말을 했다. 혹여나 들킬세라 최대한 먼 곳으로 걸어가 먹고 싶던 콩나물국밥을 먹고 스타벅스에서 커피 한 잔의 여유를 즐겼다. 혼자서 맘껏 누린 점심시간의 기억은 회사생활을 하며 겪은 몇 안 되는 행복한 기억 중 하나다. 고작 점심을 혼자 먹겠다고 거짓말까지 해야 하냐고 묻는다면, 나는 주저하지 않고 고개를 끄덕일 것이다.

이런 나의 폐쇄적이고 배타적인 성향을 고백하는 일은 쉽지 않았다. 이상하고 모난 사람으로 보이는 건 또 두려워서다. 학창 시절에는 친구들과 잘 지내야 칭찬받고, 사회에서는 사람과의 관계도 능력이라고 인정받는 분위기가 분명히 있어서다. 대세를 거스르고 소신을 드러내는 일은 결코 쉽지 않다. 나를 곧이곧대로 내보이는 데도 큰 용기가 필요하다.

〈나의 해방일지〉라는 드라마를 알기 전에는 나만 이런 인간인 줄 알고 살았다. 여기저기서 속출하여 드라마에 공감하는 극 내향인들 덕분에 나 같은 인간이 곳곳에 숨어있다는 걸 알게 됐다. 드라마 속에서 염미정(김지원)은 모든 관계가 노동이라 하고, 구씨(손석구)는 눈앞에 사람들이 왔다 갔다 하는 것도 싫다고 말한다.

관계 맺는 걸 노동이라고 속 시원하게 고백하는 염미정(김지원)과 사람이 지긋지긋하다고 내뱉는 구씨(손석구)를 보고 괜히 따스한 느낌이 들었다. 나만 그런 건 아니구나. 사람이 싫고 인간관계가 피곤해도 되는 거였구나. 이러면 안 되는 건 아니라는 사실에 마음이 든든해졌다.

왜 힁싱 '이래도 뇌는 걸까, 이게 맞는 걸까?'라며 곧바로 판단하지 못하고 사회의 눈치를 봤는지 모르겠다.

외부의 평가에 신경을 꺼버릴 만큼 튼튼한 자아를 갖지 못한 탓일 거다. 여전히 새로운 사람을 만나는 자리는 불편하고 힘들다. 서로를 소개할 때 흐르는 어색한 공기, 대화에 공백이 생기면 얼른 메꿔야 하는 것은 아닌지 눈치를 보게 되는 순간들, 그러면서도 애써서 편안한 척해야 하는 일까지 모두.

눈치 안 보고 고백하니까 속이 다 시원하다. 이런 나를 드러내며 살았다면 한결 편했을지도 모르는데. 지금부터라도 나의 폐쇄성을 종종 고백하며 시원해지고 싶다. 나를 온전히 꺼내서 보여주는 건 두렵고 그래서 어렵지만, 들켰을 때만 느낄 수 있는 속 시원함이 있다.

그래, 좀 들키면 어때.

순댓국 특으로 시켜놓고
왜 돈 안 줘요?

점심시간이 다가오자 단체 톡에 메시지가 뜬다. "오늘 점심 메뉴 순댓국 어때요? 더진국이라고 배달도 되고 맛있어요." 단체방 멤버는 보름과 유진 그리고 나, 총 세 명이다. 순댓국을 좋아한다고 말했던 걸 기억하는 걸까. 이유가 어찌 됐건 메뉴 선택이 아주 마음에 든다. 유진은 본격적으로 다이어트를 시작하려고 도시락을 싸 왔다고 하니, 보름과 나만 주문하면 된다.

몇 번 신세를 졌기 때문에 오늘은 내가 주문하겠다고 말했다. 서둘러 배달앱을 켠 순간, 멀리서 후다다닥 다급한 발걸음 소리가 들렸다. 발소리가 점점 더 커지다가 갑자기 사라져서 이상하다 싶었는데, 뒤돌아보니 보름이 서 있다.

"전 특으로~"
내 귀에 대고 작게 속삭이더니 바람처럼 다시 사라졌다. 난 또 뭐라고. 보통 하나 특 하나, 총 두 그릇 주문 완료다. 도착한 순댓국과 밑반찬으로 상차림을 하는데 유진이 말한다. "혹시 기부 천사 안 계신가욤?" 안 그래도 맛없는 도시락인데 순댓국을 보면서 먹으려니 도무지 넘어가지 않을 것 같다고 한다. 보름은 자신의 순댓국은 어떻게든 사수하겠다는 의지로 빠르게 대답한다. "미안, 나는 오늘 너무 배가 고파서." 이런, 단호박. 그럼 내가 기부해야지 뭐 별수 있나.

"제가 좀 덜어드릴게요."
유진은 이내 신이 나서 고맙다며 웃었다. 유진과 보

름은 이따금 퇴근 후에 술도 한잔하며 꽤 친한 사이 같 았는데, 국물 조금 덜어주는 것에 너무 야박해서 흠칫 놀랐다. 보통 더 친한 사람이 나눠주던데. 거기다 유진 은 귀여움을 한껏 담아 요청하지 않았던가. '욤욤' 하기 가 어디 쉬운가.

하긴, 친한 건 친한 거고, 순댓국은 순댓국이지. 눈앞 에서 시트콤 한 편을 본 것 같은 기분을 느끼며 밥을 먹 었다. 어느새 하루가 끝나가고 퇴근 시간이 다가오니 불현듯 생각나는 게 있다. 아! 아까 순댓국 특으로 시킨 거 돈 못 받았는데? 대체로 나는 이런 일이 있으면 먼저 나서서 요구하지 않고 기다리는 쪽이다.

상대에게 기대하는 상식의 수준도 결국은 내가 기준 이 될 수밖에 없다. 나라면 점심을 먹은 직후 바로 금액 과 계좌를 묻고 깔끔하게 털어버렸을 거다. 까먹고 못 주는 불상사를 막기 위해 노력했을 텐데, 보름은 내가 아니다. 상식의 기준노 온전히 나만의 것이라서 상대에 게 같은 수준을 기대하는 것은 아무런 의미가 없다. 별

17

다른 말도 없이 그저 기대만 하는 것은 얼마나 위험한가.

'내 것은 보통이라서 8천 원이지만 그녀의 것은 특이라서 무려 9천 원인데... 9천 원이면 커피가 두 잔인데.' 말할 타이밍을 넘기자 다짜고짜 계좌번호와 금액을 보내는 게 뜬금없어서 도무지 언제 요구해야 할지 모르겠다. 망설이다가 그냥 밥 한 끼 샀다고 생각하고 말았다.

"야 900만 원도 아니고 9천 원인데 왜 말을 못 해? 이 남자가 내 남자다! 왜 말을 못 하냐고?"

"900만 원이면 나도 당연히 말했지!!! 9천 원이라서 그냥 한 끼 샀다, 생각하고 넘긴 거야."

나의 주저함을 도통 이해하지 못하는 친구는 종종 나를 혼낸다. 엄마의 잔소리 같아서 너무 좋다. 이렇게 혼나면서 반성도 하고 또 배울 게 있으니까. 누구나 절대로 사랑할 수 없는 자기 모습이 하나쯤은 있을 거다. 나는 소심한 성격으로 인해 할 말을 제때 하지 못하는 내 모습을 도무지 사랑할 수 없다.

순댓국(특) 한 그릇 값을 못 받은 건 별것도 아니다. 소개팅 후에 읽씹으로 거절했다가 주선자 친구와도 사이가 틀어진 기억이 있다. 친구의 부탁에도 제때 거절 멘트를 못 날려서 울고 싶었던 적은 대체 몇 번인지.

자려고 누웠다가 눈이 갑자기 번쩍 뜨이면서 '아까 낮에 그 말 너무 기분 나빴는데 왜 웃고 넘어갔지? 한마디 해줄걸.' 분에 못 이겨, 벌떡 일어나 허공에 주먹질해대는 건 또 뭐람? 그 밤에 찾아가서 따질 수도 없는 노릇인데. 그때그때 확실한 의사 표현만 했어도 일어나지 않았을 일들이다.

누가 말했나. 사랑은 타이밍이라고. 나는 사랑보다도 해야 할 말에 타이밍이 있다고 생각하는 쪽이다. 마음속에 맴도는 말을 자꾸 내뱉지 않고 삼키다 보면 오갈 데가 없어져 내 안에서 한참을 떠돈다. 그렇게 떠돌다 뒤늦게 안착하면 그사이에 바람 빠진 풍선이 되어 '퓨

웅~' 하고 떨어져 상대가 '오잉?' 하게 만드는 것이 문제다. 뒤늦은 사랑 고백은 '그래서 뭐 어쩌자고….' 찌질함만 남듯이 적절한 때를 놓친 모든 말은 힘을 잃기 마련이다. 할 말 못 할 말 구별도 못하고 말이면 다인 줄 알고 내뱉는 사람들도 있는데, 나는 왜 이런 거지?

   부족한 부분은 노력으로 채우면 된다. 마음을 꺼내는 데도 연습이 필요하다는 것을 안다. 동기부여가 되는 말도 타이밍이 중요한 것인지, 오랜만에 들어간 영어 유튜브 채널에서 마침 꼭 맞는 명언을 만났다. 아인슈타인이 말했다고 한다. "어제와 똑같이 살면서 다른 미래를 기대하는 건 정신병 초기증세다." 위대한 업적을 남긴 과학자라는 건 익히 알고 있었지만 위대한 명언까지 남겼다는 건 처음 안 사실이다. 그런데 곱씹을수록 어디 하나 틀린 게 없는 말이다.

   미래를 바꾸고 싶다면 당장 오늘을 다르게 살면 되는 건데! 어려울 것도 없다. 변화의 첫걸음은 당장 지금부터다. 오랜만에 만난 친구들과 밥을 먹으면서 말했다.

"얘두라, 너네 만나서 노니까 저엉말 좋다. 깔깔." 마음을 꺼내어 보여주는 일은 다소 부끄럽지만 상쾌함을 가져다준다.

아껴서 좋은 건 아무것도 없다. 마음과 말을 아끼지 않고 다 닳을 때까지 열심히 쓰고 싶다. 물론 당장은 성공하는 날보다 실패하는 날이 더 많을 거라는 걸 알고 있다.

홍대에 있었던
은하수 다방

대학교 3학년 즈음, 이대로 졸업하기엔 아쉽다는 생각에 동아리 하나를 더 가입했다. 신입생과 재학생을 가리지 않고 다양하게 회원을 모집하는 연합 동아리였다. 여행동아리라는 이름에 걸맞게 방학 때마다 최대 인원을 모아 함께 여행을 가는 이벤트가 있었다. 낯선 사람들 틈에 끼어 빨간 버스를 타고 경주로 출발하던 여름날을 기억한다. 100명에 가까운 인원이 함께 움직였던지라 10개의 조로 나누어 팀별로 흩어졌다 모이는 방식으로 여행이 진행되었다.

경주의 한 유적지에서 기념사진을 찍으려는 순간 우리 조의 친구 한 명이 마침 지나치던 다른 조의 친구를 불러세웠다. 조별로 한 명씩은 운영진을 맡고 있는 친구가 멤버로 참여했는데, 두 사람은 운영진을 하면서 친분을 쌓은 듯했다. 갑자기 불러세워져 포즈를 취하고 있는 우리 조를 향해 카메라를 들고 "자, 찍을게요~" 하던 사람. 나는 왠지 모르게 그 모습에 눈길이 갔다. 목에 달고 있던 명찰을 슬쩍 훔쳐봤다. 이름을 기억하고 싶었으니까.

여행 내내 '정호용'이라는 이름이 불쑥불쑥 찾아왔지만, 조별 샷 이후로는 딱히 접점이 없었고 그렇게 몇 개월이 지나자 기억에서도 조금은 흩어졌다. 한 학기는 빠르게 지나갔다. 동아리에서는 돌아온 방학을 앞두고 새로운 여행 계획을 알렸는데, 아쉽게도 다른 일과 겹쳐 참여할 수 없었다.

나처럼 가고는 싶지만 다른 사정으로 못 가서 아쉬운 친구들이 꽤 있었나 보다. 멤버 한 명이 별도의 이벤트를 공지했다. 공식 여행 일정과 겹치는 날 중에 하루를 골라 서울에 모여 놀아보자는 깜찍한 제안이었다.

아쉬움을 달래러 나간 자리에 그가 있었다. 잠시 놀랐다가 너무 반가워서 활짝 웃었다. 마침 여행을 못 가게 된 건 이렇게 만나기 위해서 그랬던 건 아닐까, 그런 생각도 잠깐 했던 것 같다. 그 자리에서 연락처를 교환하고 조금씩 연락을 주고받았다. 밥을 먹다가도 그 아이의 카톡이 울리면 친구와 나누던 대화는 잠시 잊고 입가에 슬며시 웃음이 번졌다.

어느 날 밤엔가는 여전히 학교에 남아있다는 그가 자신의 처지를 비관하기 시작했다. 그러면서 보내온 사진 한 장에는 납땜하는 일상이 담겨있었다. "이 시간까지 납땜하는 공대생의 삶이란… ㅜㅜ" 신세 한탄을 하는 그를 두고도 자꾸 웃음이 번졌다. 나와는 전혀 다른 일상을 엿보는 기분이 꽤 좋아서다.

어느 추운 겨울날 그가 다니던 학교 앞 맛집을 찾았

다. 매콤한 주꾸미볶음을 다 먹고 나오면서 나는 대뜸 "나 십센치 좋아하는데...."하고 말했다. 십센치의 대표 곡인 〈사랑은 은하수 다방에서〉의 배경이 된 카페가 홍대에 있다는 걸 알고 있었기 때문이다. 사랑 노래의 배경이 된 카페를 꼭 그와 함께 가보고 싶었다. 그런 나를 보며 유치하다고 타박했지만, 따라가다 보니 어느새 눈앞에는 '은하수 다방'이 있었다.

안 갈 것처럼 하더니 지도도 안 보고 터벅터벅 걸어서 데려와 준 그가 좋았다. 아무런 사이도 아닌 우리의 관계에서 더 빛을 발하는 츤데레의 매력이었다. "여기가 무도에서 하하랑 십센치가 앉았던 그 자리잖아!" 굳이 투명 천막이 씌워진 바깥 자리에 앉았다.

마주 보고 앉았을 때 등 뒤로 비치는 햇살이 따뜻해서인지 그 아이의 눈빛이 따뜻했던 건지 그날의 기억은 햇볕 내리쬐는 따뜻함으로 기억된다. 추운 겨울날이었지만 비닐 천막을 뚫고 들어오던 뜨거운 햇살 덕분에 춥지 않았다.

무한도전을 꽤 좋아했던 우리는 신길동의 매운 짬뽕 집도 가보기로 했다. 다음날 약속을 앞두고 갑자기 A에 게 전화가 걸려 왔다. A는 호용이와 절친이자 동아리의 주축이었던 멤버다. "내일 호용이랑 둘이 만난다면서? 단둘이 만나는 건 용납할 수 없어. 내일 나도 갈게." 깔 깔 웃으면서 말하는 A가 얄미웠지만, 방법이 없었다.

A에게 오지 말라고 하면 꼭 내 마음을 들키는 것 같 았고, 이미 호용이가 허락했다는데 내가 나서는 것도 모양새가 이상했기 때문이다. 못내 감출 수 없는 서운 함을 담아 메시지를 보냈을 뿐이다. "뭐야, 이렇게 되니 까 너네 둘 사이에 내가 낀 것 같잖아."

"우리 둘 사이에 걔가 낀 거야."
수줍게 볼을 만지는 이모티콘과 함께 답이 돌아왔다. 결국 A를 따돌리지 못한 채 셋이 함께 만나 땀을 뻘뻘 흘리며 매운 짬뽕을 먹었다.

드라마를 더 좋아하는 나와 달리 호용이는 영화를 좋

아한다고 했다. 최고의 영화가 무엇이냐고 물었더니 〈달콤한 인생〉을 꼽았다. 영화를 즐겨 보지 않다 보니 아직 보지 못한 작품이다. 〈달콤한 인생〉이 어째서 훌륭한지를 하나하나 짚어주는 사뭇 진지한 모습에 이미 영화 한 편을 다 본 것만 같았다.

귀 기울여 열심히 들었다. 찬양을 한참 늘어놓던 그가 이병헌의 연기를 극찬할 때 불쑥 내가 말했다. "난 하정우 좋아하는데." 하정우가 나오는 영화가 개봉하면 함께 보러 가자는 나의 말에 그는 좋다고 고개를 끄덕였다. 사실 나는 하정우가 나오는 영화가 아니더라도, 바로 내일 아무 영화를 보더라도 상관이 없었지만 그렇게 말하지는 못했다.

얼마 지나지 않아 하정우가 나오는 영화의 개봉 소식이 들렸다. 약속한 대로 함께 영화를 보자고 말하는 대신 그의 연락을 기다렸다. 며칠을 기다려도 소식이 없자, 괜한 기내를 접고 싶어서 다른 친구와 날름 영화를 보고 왔다. 극장에 다녀왔더니 하염없이 기다리는 게 아니라고 나를 속일 수 있었다. 덕분에 애타고 구차한 마음이 더는 들지 않았다.

그렇게 애써 무심한 날을 보내고 있었는데 예상치 못한 메시지가 왔다. 개봉하면 함께 보자더니, 그 영화 대체 언제 볼 거냐고 살짝 따지는 듯한 말투로. '치, 나도 됐거든?' 애써 아닌 척하던 마음은 온데간데없이 사라지고 다시 활짝 미소가 번졌다.

구차한 마음이 들어 이미 친구와 영화를 보고 왔다는 사실은 숨긴 채로, 그와 나란히 앉아 똑같은 영화를 한 번 더 봤다. 불과 며칠 전에 봤지만 하나도 지루하지 않고 처음 보는 새 영화 같았다.

우리는 단 한 번도 뚜렷하게 어떤 사이로 묶인 적이 없었지만 나는 가끔 그를 떠올린다. '은하수 다방'이 없어졌다는 소식을 들었을 때나 하정우가 나왔던 영화의 OST가 어쩌다 흘러나올 때에. 그리고 하필 무한도전 재방송에서 신길동의 매운 짬뽕집이 나오거나 할 때도.

욕 저장장치 대신
좋은 말 저장장치로
갈아 끼우기

지난달 대학교 친구가 결혼 소식을 전했다. 모바일 청첩장을 받는 게 하루 이틀도 아니고 특별할 건 없었다. 다음 날이 결혼식이라는 사실만 빼면 말이다. 하루 전날 결혼식 초대를 받는 건 처음이라 당황했는데, 덧붙인 친구의 말이 더 웃겼다. 이건 초대도 아니고 그냥 이런 이벤트가 있다는 걸 알릴 뿐이라고. 혹여나 나중에 알게 되면 말도 없이 결혼식을 올린 사실에 기분이 나쁠 수도 있으니 알고만 있으란다.

왜 결혼식 몰래 하는 건데? 이유가 있을 거라고 예상했는데 역시나 그랬다. 시골에서 결혼식을 올리게 되어, 당당하게 초대하자니 주저하게 되었더랬다. 다소 허접한 초대를 받으면 누군가는 섭섭함에 돌아서거나 누군가는 대수롭지 않게 넘길 것이다. 나는 그저 어떤 심정으로 그랬는지 알 것 같은 마음이었다.

결혼식이 끝나고 만난 자리에서 들어보니 내가 예상한 게 맞았다. 그녀 역시 나처럼 쓸데없는 능력이 발달한 사람이었다. 사방에 흩날리는 욕을 정성스럽게도 주워서 차곡차곡 담아두는 사람. 말하자면 몸에 '욕 저장 장치'가 칩처럼 탑재되어 있다고나 할까.

그동안 청첩장을 건네주던 사람에게 향하던 비난들을 자신도 모르게 주워 담아 새긴 것이다. 하나씩 새기다 보면 어느새 몸에 박혀버린다. 이를테면 이런 말들. "아니 김 대리는 무슨 결혼식을 그렇게 멀리서 하냐?", "서울에서 하는 거 아니면 초대 안 하는 게 맞지 않나요?", "가는 사람도 생각해야지. 그런 데서 결혼식을 하면 어떡해?"

남이 남을 욕하는 말들도 허투루 듣지 않다 보면 자연스레 나의 행동에도 영향을 준다. 나 역시 주워 모은 욕 때문에 나를 제한하고 행동을 억제하던 일이 많았다. 사회생활을 막 시작할 무렵의 일이다. 점심시간이면 자연스럽게 모여 상사를 욕했고, 신입이던 나는 그저 묵묵히 들을 뿐이었다. 듣는 것 말고는 달리 할 수 있는 것도 없었다.

어느 날은 황 과장의 머리띠가 화두였다. "오늘 황 과장 머리띠하고 온 것 봤어? 무슨 애도 아니고 머리띠를, 어울리지도 않게." 그녀가 신경 써서 두르고 온 머리띠가 욕의 주인이 될 때면 나도 모르게 고개가 갸우뚱해졌다. 홍시 맛이 나니 홍시인 것을, 머리띠는 애당초 머리에 쓰라고 나오는 상품이 아닌가.

용도에 맞게 머리에 썼다는 사실 하나로 이렇게까지 잘근잘근 씹히다니! 나는 왠지 제 발이 저렸다. 집에 가지런히 진열해 놓은 나의 머리띠 컬렉션이 떠올라서였다. 나는 머리띠를 참 좋아하는 사람이었지만 그 욕을 들은 후부터는 머리띠 앞엔 얼씬도 안 했다. 뒷담화를 듣기 전에 아무 생각 없이 머리띠를 하고 왔더라면 어쩔 뻔했는지. 미리 알게 돼서 다행이라고 가슴을 쓸어내리기까지 했다.

책을 쌓아놓고 읽을 만큼 좋아하면서도, 섣불리 글을 쓰지 못한 것도 비슷한 맥락이다. 간혹 서점에서 책을 들추다 보면 들리는 말이 있다. "와, 이런 걸 책이라고 내? 개나 소나 다 작가라고 설치네." 누군가의 노력을 물거품으로 만들어 버리는 말을 들으면 별안간 뜨끔했다. 언젠가는 작가가 되고 싶다는 소망을 들켜버린 것만 같아서다. 그리고 서둘러 결론을 냈다. 대단한 글을 써낼 실력이 안 되면 작가 같은 건 꿈도 꾸지 말자.

남이 남을 욕하는 말도 잘 주워 담았으니, 나에게 직접 가해지는 욕은 말할 것도 없다. 학생 때는 별생각 없이 큰 소리로 대답했다가 아는 척한다고 핀잔을 받고 점점 입을 다물게 되었다. 평소에 치마를 즐겨 입는 패션을 지적받거나 스타일이 구리다는 뒷말을 전해 듣다 보면 옷을 고르는 데도 괜히 눈치가 보였다. 화려하고 예쁜 옷을 좋아했지만 남의 시선을 신경 쓰며 조금 억눌러야 했다. 최대한 욕이 될 만한 일은 만들지 않으려다 보니, 자연스레 튀지 않는 사람이 되려고 노력했다. 말을 줄이고 행동을 조심하면서 더욱 소심해져만 갔다.

그런데, 인간은 결국 어떻게든 '나'로 살게 되어있다. 억압받으며 본래의 모습을 감추다 보니 나는 꽤 답답했던 모양이다. 이리 치이고 저리 치이면서 숨겼던 본모습이 자꾸 튀어나온다고나 할까. 하고 싶은 대로 못 하고 자꾸 억압받던 일에 아주 신물이 났다. 원래부터 그런 인간이었다면 별 불편함이 없었을 텐데. 아무래도 본성은 그렇지 않은 것이다. 실제로 아주 어린 시절의 나는 눈치 같은 걸 보는 인간이 아니었다. 아니, 눈치가 뭔지도 모르는 인간이었다.

본래의 나로 돌아가는 것인지 그냥 쌓인 게 폭발하는

것인지는 모르겠지만, 아무튼 나는 조금 달라지고 있다. 남들이 하는 욕지거리, 그까짓 게 뭐 그렇게 소중한 거라고 잘도 주워댔는지. '과거의 나'를 이해하지 못하는 '지금의 나'로 변해간다. 지난 세월을 조금은 억울해하면서.

이제는 '욕 저장장치' 대신 '좋은 말 저장장치'로 칩을 갈아 끼웠다. 남이 남을 욕하는 말도 정성스레 주워 모아 새겼던 것처럼, 남이 남에게 하는 좋은 말도 전부 내 것처럼 주워서 곱게 새기기 위함이다. 오늘은 길을 걷다가 주워들은 칭찬 하나를 마음에 심었다. 아파트 단지에서 곱게 핀 장미를 보고 주민 한 분이 던진 말이다.

"아휴~ 아주 이쁘게도 폈네."

나는 장미도 뭣도 아니지만, 그 말을 멋대로 주워 담았다. 들려오는 좋은 말은 무턱대고 다 새기겠다는 의지로. 꼭 5월의 빨간 장미처럼 내가 활짝 핀 것만 같았다.

엄마가 새겨준
파리의 풍경 하나

평생 시골에 살다가 성인이 되어 서울에 입성했다. 내가 뻗을 수 있는 세상은 서울만으로도 충분히 넓고 놀라웠다. 거리를 거니는 것만으로도 눈이 번쩍 뜨이고 매 순간 행복으로 물들 만큼 황홀했다. 그야말로 시골 촌뜨기인 나에게 서울은 실로 놀라운 세상이었다. 나는 실제로 "와, 내가 서울에 살고 있다니!" 경이로운 감탄을 뱉어내며 이게 꿈인가 싶어 눈을 비비기도 했다.

그런 나에게 엄마는 갑자기 이런 말을 했다. "이번 방학 때 동생이랑 유럽 갔다 와." 스물두 살, 여름 방학을 앞둔 시점이었다. 꿈꿀 수 있는 세계는 서울로도 충분했던지라 그 말이 반갑지 않았다. 얼마나 값지고 좋은 기회인지 감을 잡기 어려웠다고 하는 게 맞을 거다. 조금은 거대하기도 했고 버겁기도 했다. 머나먼 유럽을 한 달이나 넘게 다녀오라는 제안은 갑자기 생겨난 방학 숙제 같기도 했다.

얼마나 분에 넘치는 기회인지 미처 알지 못한 채로 그렇게 유럽 땅을 밟게 되었다. 준비하고 일정을 짜면서도 꼭 수업 과제를 해내는 기분이었다. 유럽은커녕 국내 여행도 제대로 해본 적이 없던지라 어디서부터 시작해야 하는지도 몰랐다. 포털사이트에서 국내 1위 여행사를 검색하고 유럽 배낭여행 상품을 몇 가지 훑어보았다. 여행사 상품을 참고하여 첫 번째와 마지막 여행지를 골랐고, 수업을 마친 후 교내 여행사로 곧장 달려갔다. 지금처럼 여러 사이트에서 티켓을 검색하고 가격을 비교하는 과정 따위는 없었다.

마치 한때 유행하던 '플렉스' 느낌으로 덜컥 150만 원짜리 티켓을 샀다. 심지어 대한항공 직항이었다. 이후로도 유레일 패스며 숙소 예약이며 도시 간 일정 분배와 같은 세세한 여행 준비를 성실하게 해냈다. 간혹 "이렇게까지 힘들게 여행을 가야 하나?"라는 볼멘소리를 늘어놓기도 하면서 말이다. 마치 원빈의 "내 얼굴 잘생겼는지 모르겠다." 같은 망언을 뱉어낸 꼴이었다.

내 평생 최고인 줄로만 알았던 서울을 떠나 누볐던 유럽의 풍경은 신선했고, 그래서 충격적이었다. 도시마다 특색있던 건물과 이질적인 분위기 덕에 눈이 휘둥그레졌다. 단 한 번의 예외도 없이 보행자에게 양보해 주는 런던의 횡단보도, 배스킨라빈스보다 맛있는 이탈리아의 젤라또, 한계 없이 달려도 되는 독일의 아우토반, 거리 곳곳에서 악기를 연주하고 그림을 그리던 예술가들, 심지어는 돈을 내야 화장실을 갈 수 있다는 사실마저 신기했다. 한국에서는 전혀 볼 수 없었던 많은 풍경들이 있었다.

그중에서도 마지막 여행지였던 파리에서의 기억이 가장 신선한 충격으로 남았다. 지금 되돌아 생각해보면 별것도 아니다. 그저 파리의 어느 공원을 거닐 때 봤던 현지인의 모습일 뿐이었다. 따사로운 햇살을 받으면서 누군가는 누워서 누군가는 벤치에 앉아서 책을 읽는 파리지앵으로 가득 찬 공원 풍경이 그렇게 신선할 수가 없었다.

내리쬐는 햇살을 조명 삼아 산들산들 불어오는 바람에 머리칼을 날리며 책을 읽던 사람들. 영화 속 한 장면 같은 순간이 바로 내 눈앞에 있었다. 카메라 플래시 불빛에 놀라 눈을 감고 뜨고를 반복해 봐도 까만점이 남아있는 것처럼, 그 풍경은 내 마음에 잔상을 남겼다. 너도나도 앞다투어 스펙을 쌓으려 애쓰고 취업에 모든 것을 거는 한국의 고단함을 씻겨주어서다.

파리의 실체 역시 마찬가지로 피곤하고 경쟁이 피 튀기는 힘든 날의 연속일지도 모르지만, 여행자의 한계이면서 동시에 매력 요소가 바로 단편성 아니겠는가. 뇌리에 박힌 한 장면을 멋대로 편집해서 파리는 여유 그 자체인 도시라고 마음에 새겼다.

기억 속에 저장된 그때의 여유 넘치는 장면은 간간이 내 인생에 끼어들어 삶의 자세를 고치게끔 해주었다. 나는 왕왕 감당이 되지 않는 일을 버티려 애쓰기보다는 그냥 포기해버렸다. "남들도 열심히 버티니까 나도 버텨야지. 넌 왜 이렇게 나약해?"라는 말로 질책하던 일도 그만두었다. 뭐든 쉽게 포기하는 사람을 비판하는 사회의 시선에 기죽을 때면 파리의 공원 풍경이 나를 위로해 주었다.

그러면 이내 '그래, 화려한 성공도 좋지만, 공원에 앉아 책 읽는 게 행복한 사람도 있는 거야.' 열정이 부족한 나도 따뜻하게 감싸줄 수 있었다. 엄마가 손에 쥐여준 유럽행 티켓은 두고두고 지울 수 없는 풍경 하나를 나에게 심어주었다.

'나'를 먼저로
둘 줄 아는 것도
탁월한 재능

어느 여름날의 기억이 떠오른다. 친구들과 닭갈비를 먹고 나왔는데 대차게 비가 쏟아지고 있었다. 그대로 집에 가기는 아쉬워서 2차 장소를 찾는데, 쏟아지는 비때문에 사정이 여의치 않았다. 되는 대로 눈앞에 보이는 지하 1층 라이브펍을 가리키며 저기라도 들어가자고 축축한 발걸음을 옮겼다. 손님이라고는 사장님 친구로 보이는 중년의 어른 몇 명뿐이었다.

일반 술집과는 분위기도 조금 달랐다. 가게 중앙에는 무대가 마련되어 있었고 마침 사장님은 통기타를 치면서 노래를 부르고 있었다. 한 곡이 끝나자, 원하면 언제든지 무대에 올라와도 좋다고 우리를 향해 손짓했다.

한참 술자리가 무르익었을 때 친구 한 명이 말한다.
"우리 게임 해서 진 사람 저기서 노래 부르기 하자!"
그 말을 듣는 순간 마음이 초조했고 만약에 진다면 무슨 노래를 불러야 할지 막막해서 멍해졌다. 그 짧은 순간에도 어떤 노래를 골라야 할지 머릿속이 분주했다.

내가 고민할 때 바로 옆에 앉아있던 친구는 "아, 뭐야 아~ 노래 부르기 하면 나 집에 갈래." 망설임 없는 거절을 했다. 이런 순간들은 늘 반짝반짝하는 새로움을 안겨준다. 내가 열심히 노력해야 비로소 꺼낼 수 있는 말들이 누군가에게는 고민거리조차 되지 않는 현실 말이다. 빛의 속도로 거침없이 싫다고 할 수 있다니! 살짝 존경의 눈빛도 나오려고 한다.

또 한번은 이런 일이 있었다. 작년부터 참여하는 독서 모임에서는 한 달에 한 번 정해진 책을 읽고 모여서 토론한다. 선정된 책을 읽어내야 토론을 할 텐데 유난히 그달의 책은 잘 읽히지 않는 것이었다. 한 달 내내 붙잡고 노력해봐도 어렵고 또 어려웠다. 아무리 쉬운 책 위주로 편독을 한다고 해도 이렇게까지 어려울 수가 있나 싶어서 나에게 실망하고 말았다. 벽돌 책을 읽는 기분으로 꾸역꾸역 해냈고 마지막 장을 덮으면서는 뿌듯함도 한가득 챙겼다.

대망의 독서 모임이 있던 날, 나는 책에 대한 감상을 이렇게 나눴다. "나름 책 좀 읽는다고 생각했는데, 이렇게 어려운 책을 소화 못 하는 거 보면 아직도 갈 길이 먼가 봐요. 허허." 한 달 내내 의심의 여지없이 나의 수준을 자책했고, 이런 책도 쉽게 읽어내려면 더 열심히 독서해야겠다는 마음까지 먹었는데.

그렇게 반성으로 가득한 감상을 듣더니 한 회원이 말한다. 자신은 몇 페이지 읽자마자 무슨 책을 이렇게 엉

망으로 썼나 싶어서 과감하게 덮어버렸다고. 존경의 눈
빛, 다시 한번 발사다.

결과적으로는 나의 반성보다 다른 회원의 포기가 옳
은 선택이었다. 비문도 많고 잘 쓰이지 못한 글이라 책
이 문제라는 결론이 났기 때문이다. 급기야 책을 잘못
골랐다고 책방 사장님의 사과까지 이어졌다. 역시나 반
짝반짝 깨달음을 주는 사건이었다. 잘못 쓰인 책을 읽
으면서도 문제를 찾기는커녕, 그걸 읽어내지 못하는 부
족함에 집중하는 나라는 인간. 내가 자책하는 동안 다
른 회원은 과감하게 책을 덮고 오히려 작가의 글솜씨에
불만을 내뱉었다.

같은 상황에서도 극명하게 반응이 갈리는 이유가 무
엇인지 생각해보지 않을 수 없다. 먼저 노래를 부르자
는 제안에 머릿속이 분주해진 이유는 즐거운 자리를 내
가 망칠지도 모른다는 걱정 때문이었다. 다들 웃고 떠
드는데 '싫어요'를 던졌다가는 분위기가 겁나 싸해져서
지코가 팔을 흔들며 〈아무 노래〉를 불러야 할지도 몰랐

다. 독서 모임의 책이 어려웠음에도 참고 끝까지 읽어
낸 이유는 '잘 안 읽혀요.'라는 메시지를 던졌다가 나의
낮은 독서 수준을 들키면 어쩌지 하는 두려움 때문이었
다.

　결국에는 '나'보다는 '남'을 중심에 두었기 때문에 발
생한 문제였다. 남의 시선만 무시하면 저렇게 자유로워
질 수 있는데. 덤으로 내가 미처 알아채지 못했던 사실
도 하나 발견했다. 그동안 싫다는 말을 못 하는 데 있어
서 가장 큰 문제는 용기가 부족한 탓이라고 여겼다. 불
편한 상황이 무서워서 냅다 도망가는 비겁함만 눈에 들
어온 것이다.

　그런데 나와는 정반대인 사람들을 보면서, 그들과 나
는 애초에 종자부터 다른 인간이라는 깨달음을 새롭게
얻었다. 용기를 키우는 것만으로는 충분한 게 아니었다
니. 생각의 흐름, 사고 회로가 애초에 다르다는 걸 지금
에서야 발견한 것이다. 과연 탁월한 사람들이다.

이슬아 작가는 〈아무튼 노래〉에 이런 말을 썼다. "애매하게 탁월한 사람은 더 탁월한 사람을 구경하고 감탄하며 생의 대부분을 보낸다." 눈 뒤집히게 타고난 재능이 어쩜 이리 하나도 없는지를 한탄하던 날, 내 마음 같아서 적어둔 문장이다. 실제로 어떤 분야든 감히 내가 넘볼 수 없는 수준의 재능을 가진 이가 있다.

피아노를 취미로 즐기면서 조성진 피아니스트의 연주를 들을 때면 그저 감탄밖에 안 나온다. 구경하는 데서 끝내지 않을 도리가 없다. 하루 24시간을 한숨도 안 자고 연습해도 절대로 피아니스트가 될 수 없다는 것쯤은 알고 있어서다.

그런데 '남'보다 '나'를 중점에 둘 줄 아는 재능은 그저 감탄에서 끝내지 않고 나도 해낼 수 있을 것만 같다. 불현듯 이슬아의 문장이 새롭게 말을 거는 듯하다. 구경하고 감탄만 하면서 생의 대부분을 보내는 건 너무 아쉽지 않겠냐고. 적극적으로 탁월한 사람을 곁에 많이 두고, 닮기 위해 부지런히 애써보는 건 어떻겠냐고.

좋은 인연을
곁에 두는 방법

대학 졸업을 앞두고 주변을 둘러보니 너도나도 취준생이 되어 자격증을 준비하고 있었다. 서류합격에도 감격하며 취업에 열중하던 시절, 동아리 친구가 한 보험회사에 취업했다고 직장인이 된 것을 알렸다. 워낙에 외향적이고 사람들 앞에 서는 것을 좋아하던 친구라 그 직업이 꽤 잘 어울린다고 생각했다. 영업직에 어울리는 인간상이 따로 있는 것은 아니지만 적어도 나처럼 새로운 만남을 어려워하는 인간보다는 낯선 자리도 즐겨하는 사람에게 더 맞는 직업인 것은 확실하다.

여느 직장인과는 다르게 평일 업무시간에도 외출이 가능해서, 대낮에 함께 커피를 마실 때면 늘 이렇게 말했다. "나는 다른 직장인하고는 좀 다르잖아. 고객 만난다고 하면 눈치 볼 필요 없어." 회사 밖을 자유롭게 드나들 수 있는 여건에 꽤 만족하는 듯 보였다. 일반 직장인과 다르게 월급이 고정적이지 않고 실적에 따라 매겨지는 것이 단점이라고는 했지만 말이다.

취업도 못 한 나에게 보험을 권유할 리는 없다고 생각해서 자주 만나자는 제안에도 별다른 의심을 하지 않았다. 만나는 횟수가 조금씩 잦아지면서 어느 날은 은근슬쩍 보험 상품을 소개했는데, 그것 역시 대수롭지 않게 여겼다. 혹여나 불편해질 수 있는 이야기는 도통 입 밖으로 꺼내지 못하는 성향이다 보니 겉으로는 더더욱 괜찮은 듯 보이려 애썼다.

어느 날, 아무래도 목적이 있는 연락인 것 같다는 확신이 들자 그때부터는 조금씩 거리를 두기 시작했다. 밖에서 따로 만나자는 제안에는 핑계를 대며 만남 횟수를 줄였고 그의 연락에도 평소와 다르게 뜸을 들여 대답했다.

　내가 늘 어려운 문제에 봉착하는 이유가 바로 여기에 있다. 차라리 솔직하게 "혹시 나한테 보험 영업하려는 건 아니지? 그렇다면 나 조금 불편할 것 같은데." 이렇게 말했으면 좋았으련만. 그 말이 뭐 그리 어렵다고 꺼내지 못한 걸까. 누가 협박하는 것도 아닌데 왜 마음속에 있는 말을 꺼내지 못하냔 말이다. 언제나 그저 내가 다른 방식으로 언질을 주면 상대가 눈치채고 알아서 정리해주길 기대하곤 했다.

　상대에게 독심술을 바라다니 참으로 어리석다. 그때도 그랬다. 연락에 늦게 답하는 나를 보면서 '자꾸 보험 가입하라고 하는 것 같아서 불편해.' 마음속에서 뿜어내는 말을 읽어주길 바랐다. 미련한 인간이다. 지금도 아니라곤 할 수 없지만 과거의 나는 참으로 미련하고 바보 같았다.

무슨 연유인지 상대에게 직접 말하는 것은 공포스러워서 더 편한 쪽인 도주를 택하곤 했다. 친구는 내가 보낸 신호를 무시하고 끊임없이 연락했다. 걸려 오는 전화도 받지 않기로 한다. 통화 거절이 계속되면 여러 차례 보험영업을 했던 행동을 뒤돌아보고 나의 불편함을 알아챌 거라고 믿었다. 그의 전화는 끈질기게 이어졌다. '이제 그만 좀 해!!' 띠리리릿, 다시 한번 강한 텔레파시만 보낼 뿐이었다. 그날도 어김없이 걸려 오던 전화를 뒤로 하고 쓰레기를 버리겠다고 집을 나섰다.

1층 대문을 나가는 순간 나는 화들짝 놀라서 자빠질 뻔했다. 우리 집 앞에 그가 떡하니 서 있는 것이었다. 너무 당황한 나머지 우물쭈물하며 어쩔 줄을 몰라 했다. 살짝 공포에 젖어 뒷걸음질 치는 나를 보더니 "뭐야!! 전화를 하도 안 받아서 어디 아픈 건가 걱정했잖아."하며 웃는다.

친구의 반응이 예상 밖이라 한 번 더 놀랐다. 어머, 진짜로 내가 걱정된 것일까. 그 말에 얼마만큼이나 진심이 담겨있는지 헷갈렸고 도무지 떠날 기미가 보이지 않아 조심스럽게 집으로 초대했다. 집으로 들어오라는 말도 결국엔 도망친 선택이었다. 마음 가는 대로 했다면 아픈 데는 없으니 나중에 이야기하자며 그를 돌려세웠어야 맞다. 당황한 나머지 그동안 전화를 피하던 나를 들킨 것 같아 어영부영 들어오라는 말을 건넨 것이다.

그가 진심으로 나를 걱정하지 않았단 사실은 금세 알수 있었다. 머지않아 주섬주섬 가방을 뒤지더니 챙겨온 보험 서류를 꺼냈기 때문이다. '그러면 그렇지, 네가 내 걱정하느라 여기 찾아왔을 리가 있니. 결국 보험 권유하려고 온 거겠지.' 혹시나 했지만 잠시라도 믿은 내 잘못이었다. 나의 이런 과거를 보면 어쩜 그렇게 등신 같은 사람이 있었는지 답답하다. 마지막까지 우회적으로 핑계를 만들었다. 취준생이라 돈이 없다고 하니 그런 게 무슨 문제 같은 게 되냐는 쿨한 반응이 날아왔다. "나한테 어머니 연락처를 줘, 이거 놓치기 아까운 거라서 웬만하면 들어놓는 게 좋거든."

아무리 돌려 말해도 우리 집에서 나갈 기미가 안 보이자 엄마의 전화번호를 쥐여주며 그를 내보냈다. 제발 집에서 좀 나가달라고 말하기란 여간 어려운 게 아니다. 물론 엄마가 거절하면 자연스레 해결될 거로 생각한 게 크나큰 오산이었다. "친구가 저렇게 고생해서 영업하는데 하나 들어주자." 엄마는 덜컥 넘어가 버린 것이다. 그렇게 나는 세상 쓸데없는 보험에 가입하게 된다. 그 후에 친구는 어땠냐고? 예상대로 보험 판매가 완료되자 내 건강에 대한 걱정도 완료 처리가 되었다.

　누구나 곁에 좋은 사람만 있었으면 하고 바란다. 인복이 많은 사람은 타고날 때 그런 팔자를 손에 쥔 거라 믿었다. 결코 그렇지 않다. 아닌 인연을 잘 끊어낼 줄 알면 된다. 그걸 잘 분별하고 결정하려면 불편한 말도 참지 않고 건넬 줄 알아야 한다.

　내 곁에 남길 좋은 사람과 아닌 사람을 구별하기 위해서라도 할 말은 똑 부러지게 해야 한다는 것을 배웠다. 싫은 소리는 하는 것도 듣는 것도 어렵기 때문이다.

불편한 말도 삼키기만 하던 과거에서 벗어나 때때로 불편하더라도 꺼내 가면서, 조금씩 조금씩 더 나은 사람이 되어 가는 중이다. 적어도 그렇게 믿고는 있다.

순수, 예쁨, 지적임
그게 다 내꺼라고?

아날로그 시대를 살았던 나는 손 편지를 모아둔 상자를 몇 개 가지고 있다. 모조리 다 모으지는 못했지만 꽤 많은 편지가 상자에 차곡차곡 쌓여있다. 구석에 처박혀서 도통 꺼내어지질 못하다가 우연히 짐 정리를 한 통에 빛을 볼 수 있었다. 언제 이렇게 많은 편지를 모았는지 세삼 새로웠고 하나씩 꺼내다 보니 이게 마지막, 아니 이게 진짜 마지막, 그러면서도 옛 편지 읽기를 멈추지 못했다.

한참을 구경하다 보니 기억 저편으로 잊힌 지 오래된 추억들을 마주했다. 그 많던 추억 중에서도 유난히 마음에 박힌 편지가 한 장 있다. 까마득한 대학교 1학년 1학기 3월에 써준 친구의 편지에는 이런 말이 적혀있었다.

순수 예쁨 지적임... 그거 다 니꺼야
그 자만심(?)아니 자신감 가지고
즐거운 대학 생활 20대의 시작이 상큼하시길~

아니 웬걸? 순수까지는 그래도 어린 나이를 감안해서 인정해 준다지만 20살의 나에게 예쁨과 지적임은 나조차도 고개를 갸우뚱할 만큼 존재 여부가 의심스럽다. 스스로도 기억나지 않는 나의 순수, 예쁨, 지적임을 말하고 있는 친구의 편지가 어떻게 마음에 안 박힐 수 있겠는가. 편지를 읽고 한참 생각했다. 혹시나 내가 순수, 예쁨, 지적임을 가지지 못했다며 신세 한탄을 했었나 하고. 그런 나를 위로하기 위해 써준 것은 아닌가 싶을 정도로 따뜻한 말이기 때문이다.

편지를 준 친구의 이름과 얼굴을 똑똑히 기억하고 있지만 휴대전화 목록에서 그 이름을 찾을 수가 없다. 되짚어 보니 우리는 오랜 시간을 꽤 좋은 친구로 지냈었다. 싸워서 사이가 틀어진 것도 아니고 새삼 멀어진 기점이 어디였는지도 기억나지 않을 만큼 서서히 멀어져 갔다. 나는 더 이상 그를 내 친구라고 말할 수 없을 것이다.

편지를 발견하고 두 가지의 사실에 놀랍고 씁쓸한 마음이 들었다. 나를 그렇게나 좋게 봐준 친구가 있었다는 것과 그런 친구와도 인연이 끊길 수 있다는 사실. 상자 속에 숨어있던 편지를 꺼내보지 않았다면 결코 몰랐을 친구의 친절과 사랑은 대체 어디로 사라져 버린 걸까. 이제는 편지 속에 활자로만 남아 있었다. 지금처럼 편지라도 있다면 기억을 불러올 수 있겠지만 그 어떤 증거도 남기지 않은 채로 흩어져 버린 추억은 또 얼마나 많을지. 다시 꺼내볼 수도 없이 잊힌 친절과 사랑은 얼만큼일까 생각하니 씁쓸하기도 했다.

조금은 서글픈 마음이 차올랐다. 내가 지나온 시간과 지금 떠나보내는 시간이 모두 아쉬워서 슬퍼졌다. 시절 인연이라는 말도 있듯이 앞으로도 누군가를 떠나보내고 또 새로운 사람에게 그 자리를 내어주며 살아갈 것이다. 이동진 기자가 쓴 〈토이 스토리3〉 영화평이 떠오른다. 이별은 마음의 변질 때문만이 아니라, 그저 시간이 흘러갔기 때문에 찾아오기도 한댔다.

우리의 이별이 그랬다. 그저 시간이 흘러갔기 때문에 찾아왔다. 살면서 이런 식으로 흩어질 인연이 얼마나 더 많이 있을까 셈하다 보면 괜히 섭섭해진다. 내가 할 수 있는 거라고는 그때그때 인연을 귀하게 여기고 최선을 다하는 것뿐이다. 사랑을 주고받는 것에 더욱 부지런해지고 싶은 날이다.

알고 보니 나는
돈에 미친 사람?

2022년의 시작을 앞두고 '행복 저금통'을 알게 됐다. 돼지저금통에 동전을 모으듯, 행복 저금통에는 행복을 모으는 것이다. 1년 동안 크고 작은 행복을 만나면 종이에 적은 뒤 저금하고 한 해가 끝났을 때 하나씩 꺼내서 다시 한번 행복을 만끽하면 된다. 참신하고 짜릿한 개념이었다. 우선 저금통으로 쓸 유리병과 앞으로의 행복을 모을 마음가짐이면 충분했다.

이렇게 깜찍한 걸 누가 처음 만들었는지 감탄하며 곧바로 실행에 옮겼고, 2022년 내내 차곡차곡 행복을 모았다가 연말에 두근두근하며 하나씩 열어보았다. 내 저금통에 모아둔 행복에는 이런 것들이 있었다.

포근한 수면 양말

As it was 악보 샀다

기다리고 기다리던 노랑이 발레복 구매

브런치 첫 구독자가 생김

조성진 티켓팅 성공

모멘트 카페에서 드디어 빵을 구워 먹음

플로리스트 자격증 합격

밤비스튜디오에서 행복한 피아노 연습

기대하며 열어본 메모에는 꽤 단순한 것들이 적혀있었다. 인생의 분위기가 바뀐 사건 같은 것도 없고 터닝 포인트도 없었다. 갑자기 유튜브로 대박이 났다거나 로또가 당첨됐다거나 하물며 결혼했다거나 하는 이벤트

도 없었다. 역시 나는 소소한 것에서 행복을 느낄 줄 아는 사람이구나. 어렴풋이 알고는 있었는데 행복 저금통을 보니까 더 확실해졌다. 모든 행복이 너무 소박하고 귀엽잖아! 일상의 소중함을 알고 소소한 것에 진정으로 행복을 느끼는 사람. 이 얼마나 탁월한가!

역시 행복은 마음속에 있다는 걸 알고 작은 것에도 행복을 느낄 줄 아는 내가 참 현명하다고 생각하려던 찰나, 무언가 이상한 기운이 느껴졌다. 대체로 무형의 것보다는 유형의 것에서 행복을 느낀다는 사실을 발견한 것이다.

수면 양말, 악보, 발레복, 예쁜 옷, 모두 돈으로 산 물질에 포함된다. 어느 것 하나 돈이 없으면 하지 못할 일이다. 조성진 공연도 돈이 있어야 갈 수 있고 자격증을 따는 과정에도 돈이 필요했으며 피아노 연습실을 빌리는 데도 돈은 필요했다. 액수가 어찌 되었건 죄다 돈과 연결된다. 뭐야, 행복은 돈으로 살 수 없다고 그랬는데, 내 행복은 다 돈으로 샀잖아!

나란 인간, 대체 누구인가. 얼마 전 대학 동기와 이상형에 대한 이야기를 나눴을 때, 나는 분명히 이런 말을 했다. "혜경아, 나는 정말이지 돈은 안 봐. 살다 보면 돈보다 더 중요한 게 있다고 생각해." 단호했고 분명했다. 기혼인 친구는 막상 결혼해보니 돈이라는 건 많을수록 좋다고 조언을 아끼지 않았음에도, 나는 다른 가치가 더 중요하다고 손사래를 쳤다.

　아무래도 나는 여전히 내가 누구인지 제대로 모르고 있는 모양이다. 분명 인생에서 돈보다 중요한 가치가 있다고, 돈은 없으면 없는 대로 살 수도 있다고 생각했는데, 리플리증후군을 앓는 사람처럼 자신마저 속인 것인가.

　갑자기 〈전설의 이기상 쌤 명언〉이라고 떠돌던 밈이 생각난다. "나는 돈에 관심 없어요, 하는 사람을 경계하셔야 돼요. 그 사람은 돈에 미친 사람입니다." 하, 어쩌지. 알고 보니 나는 돈에 미친 사람? 누구보다 나를 잘 안다고 자신했는데 갑자기 혼란스럽다. 행복해지려면 나 자신을 잘 아는 게 무엇보다 중요하다. 그래야 남들이 좋다는 것이 아니라 내가 진정으로 원하는 것을 좇을 수 있기 때문이다.

돈은 하나도 중요하지 않다고 말하는 나는 결국 위선이다. 이것을 인정하지 않으면 안 되었다. 누구보다 돈으로 누릴 수 있는 가치를 원하고 또 만끽하고 있기 때문이다. 굳이 돈이 아닌 다른 가치가 더 중요하다고 이야기했던 이유가 무엇이었는지 깊이 생각해보니 정답은 완벽하게 솔직하지 못했다는 데 있었다.

그렇다면 완벽하게 솔직하지 못했던 이유는 무엇일까. '돈, 명예, 성공, 권력' 따위를 가지고 싶어 안달인 사람을 바라보는 사회적 시선에 눈치를 살핀 탓이다. 돈을 좇는 사람은 종종 속물이라고 욕을 먹기도 한다. 나는 그런 인간들과는 달라. 고귀하고 고고한 사람으로 보이고 싶은 욕심이 컸던 것 같다. 그야말로 위선이다.

갖고 싶은 것에 대해 솔직하지 못했던 나의 과거가

스쳐 지나간다. 욕심내서 가지려고 달려드는 모습은 왠지 우아하지도, 고상하지도 못하다고 여겼다. 우아와 품격은 그런 데서 찾는 게 아닌데 말이다. 지금부터라도 가지고 싶은 것에 솔직해지자. "전 정말 아무 생각 없이 친구 따라갔는데, 제가 오디션에 덜컥 붙어버렸지 뭐예요." 이렇게 가만히 있는데도 던져지는 행운 같은 건 없다. 현실에서는 아무것도 하지 않으면 놀라우리만큼 아무런 일도 일어나지 않는다.

심지어 많은 것을 하더라도 아무 일이 안 일어나기도 한다. 거저 갖게 되는 행운은 없다. 용기 내서 한 번 해보겠다고 마음먹고 뛰어들었는데, 나보다 먼저 용기 낸 사람들이 수두룩해서 놀란 적이 대체 몇 번이던가. 이미 한발 늦었다. 죽어라 매달려도 내 것이 될까 말까 한 경쟁사회에서 아닌 척 내숭 떨다가는 인파에 휩쓸려 이리저리 치이다가 맨 뒤로 밀려나고 만다.

아닌 척하지 말고 내 안을 잘 들여다보자. 그리고 비겁하게 속이지 말고 솔직하자. "음..저..뭐어..작가..가..

되..고싶기도..하고..뭐..그런..마음이.." 이렇게 바보같이 드러내는 욕심 말고 더 당당하고 솔직하게. "제 꿈은 작가이고요. 어리둥절 초대박 나서 떼돈 벌고 싶어요." 세상에. 욕심을 마음 놓고 드러냈더니 벌써 초대박의 기운이 몰려오는 것 같다.

들러리 서지 않는 인생

중학교 졸업식 날 단상에 올라가 상을 받았었다. 상 이름 같은 건 전혀 기억나지 않지만 부끄러운 듯 앞으로 나가서 약간의 뿌듯함을 챙겼던 기억만은 또렷하다. 아마도 성적순으로 순위를 매겨서 주는 상이었을 거다. 내내 최상위권을 유지하지는 못했지만 비교적 공부를 잘하는 편에 속했다. 지방이라 학생 수가 적었기에 가능한 일이었지만.

얼마 지나지 않아 고등학교 입학식이 이어졌다. 불과 며칠 사이, 나는 꼼짝없이 운동장 한가운데에 서 있는 학생으로 전락하고 만다. 내가 그랬던 것처럼 몇몇 학생들은 큰 소리로 불려 나가 칭찬받고 주목도 받았다. 입학시험 결과로 순위를 매겨 학생을 줄 세운 후 치러진 의식이었다. 고등학교에 들어서자마자 강단에 서는 일은 내 차지가 아니었다. 당연한 일이다. 경쟁자가 더 많아진 곳에서 나의 성적은 더 이상 상위권이 아니었으니 말이다.

한순간에 병풍이 된 듯한 기분은 별로 유쾌하지 않았다. 뭐랄까, 내가 조금은 쓸모없다는 취급을 받는 것 같기도 하고 괜히 주눅이 드는 것도 같았다. 한참을 잊고 있던 그 기분이 생생하게 되살아난 건 아이를 둔 친구의 말 때문이다. 그녀는 딸의 어린이집 행사에 다녀오고 조금 속상했다고 털어놨다. 우리 ㅇㅇ이는 상을 하나도 못 받고 다른 아이들 상 받을 때 박수만 쳐주고 있었다고, 그걸 가만히 지켜보고 있자니 상 받는 아이들의 들러리가 된 것 같았댔다.

딸이 상을 받지 못했다는 사실보다 더 잘한 친구들을 위해 가만히 뒤에서 박수만 치던 상황이 몹시 싫었다고 했다. 개별로 칭찬해 줘도 충분한데 굳이 다른 학생과 학부모를 함께 세워두고 해야 하는 일은 아니지 않냐고 했다. 나는 학생일 때 이런 일을 숱하게 겪으면서도 한 번도 이상하다고 생각해 본 적이 없었다. 그저 공부 잘하고 훌륭한 학생은 공개적으로 칭찬받아 마땅하다고만 생각했다.

시상대가 폭력이 될 수도 있다는 친구의 시각은 나를 일깨웠다. 세상에 그 어떤 것도 당연한 게 없다고 믿어서인지 새로운 시선을 만나면 나를 깨뜨린 것 같아서 좋다. 왜 입학실 날 단상을 바라보며 미묘한 씁쓸함을 느꼈는지 조금 알 것 같았다. 나는 생에 그 어느 때에도 내가 아닌 남을 위해 존재하고 싶지는 않았던 거다. 그건 전교 1등을 밥 먹듯이 해서 공부로 이름 날리고 단상에 밥 먹듯이 올라가서 칭찬받고 싶은 마음과는 다른 문제다.

요란하게 주목받는 걸 어려워하다 보니 비주류로 살고 싶다고 순전히 착각했을 뿐이다. 어디를 가면 항상 구석 자리를 찾고 살금살금 눈치를 보면서 진정 주변인으로 살고 싶은 줄로 잘못 알았을 뿐이다. 아니었다. 나는 나를 뽐내고 싶다. 인정받고 주목받으며 나로서 해내고 싶다. 글을 쓰면 쓸수록 그 사실을 절감하게 됐다. 그건 마치 밤이 지나면 아침이 오고, 해가 동쪽에서 뜨는 것만큼이나 자연스러운 일이었다. 언젠가 생이 끝날 걸 알지만 그럼에도 살아가는 일처럼 당연한 것이었다.

글을 써 내려가면서 그걸 깨닫지 않을 방도는 없었다. 한 편 완성하고 나면 누군가가 읽어주었으면 하고 독자를 기다린다. 나는 내가 쓴 글에 때로는 실망하고 아주 간혹 만족하지만, 이 모든 과정을 오롯이 혼자서 한다는 건 아무런 의미가 없다는 것을 깨닫는다. 누구에게도 보여주지 않고 혼자만 지껄이고 싶다면 일기장으로도 충분했을 것이다. 글은 독자가 없이는 결코 완성되지 않는다. 삶은 결코 혼자서 완성할 수 없는 것처럼.

종종 뛰어난 사람을 칭찬하고 그래서 간혹 동경을 할지도 모르고 얼마간은 질투도 할 수 있을 거다. 그 어떤 것도 기꺼이 다 해줄 수는 있지만 빛나는 한 사람을 박수쳐 주는 존재로만 남고 싶지는 않다. 나를 그들의 병풍으로 세워두고 들러리 서는 사람으로 끝내고 싶지 않다. 단상만이 유일한 무대는 아닐 것이다. 땡볕에서 단상을 올려다보며 박수를 치는 시간에 나는 그 어느 곳이든 갈 수 있다. 그건 예전에도 지금도 똑같이 마찬가지다.

약한 척하는 게 아니라
약하게 태어난 건데

갓 구운 토스트에 딸기잼을 발라서 한 입 딱 베어 물고 싶다. 나는 대체로 음식에 대한 애정이 크다 보니 아주 구체적으로 특정한 음식을 먹고 싶어 하는 사람이다. 떠오르는 메뉴는 당장 먹어주지 않으면 못 견디는 사람 답게 딸기잼과 식빵을 사 왔다. 토스터에 빵을 쏙 집어 넣고 노릇노릇한 상태로 변신하기를 기다리며 딸기잼 뚜껑을 딴다.

그런데 미처 잊고 있던 사실에 아차! 한다. 나는 병뚜껑을 잘 못 따는데 마음이 급해서 그 사실을 잠시 잊어버린 것이다. 태생적으로 힘이 약한 데다가 힘을 키우려는 노력도 없었던지라 손아귀마저 힘을 잘 못 쓴다.

당장 눈앞에 있는 저 노릇노릇한 식빵에 딸기잼을 발라 바사삭 한 입 베어 물어야 하는데, 아무리 끙끙대며 노력해봐도 딸기잼 뚜껑은 도통 열리지 않는다. 이걸 들고 다시 가게에 가서 병 좀 열어달라고 부탁해야 하나, 아니면 유리병을 깨뜨려서 흘러내린 딸기잼이라도 주워 발라야 하나 생각하다가 포기하기로 한다. 동생이 집에 올 때까지 기다렸다가 한참 뒤에야 딸기잼과 조우할 수 있었다. 먹고 싶은 순간에 당장 먹지 못했기 때문에 이미 흥은 다 깨졌고, 뒤늦게 먹는 토스트는 괜히 맛도 없는 것 같다.

꽉 잠긴 병을 잘 못 여는 것과 마찬가지로 무거운 것을 번쩍 드는 일도 나에게는 꽤 어려운 문제다. 그 흔한 병뚜껑도 혼자 열지 못하고 무거운 것을 자유자재로 옮

기지 못하는 무능력은 어느 순간 튀어나온 성향이 아니다. 이 분야에서만큼은 어린 시절부터 한결같음을 유지하고 있다. 사실 힘 좀 못 쓴다고 큰일 날 건 없다. 종종 주변에 부탁하면 되고 약간의 불편함이 있을지언정 그럭저럭 잘 넘기면서 살 수 있다.

그런데도 언제부턴가 '힘'이라는 분야에서만큼은 무능력을 들키지 않으려고 눈치를 보기 시작했다. 어쩔 수 없이 살면서 받은 사회의 반응이 축적되었기 때문이다. 집에서는 편하게 도움을 받던 일이 밖에서는 종종 꼴불견으로 비치는 경험을 하기도 했고, 대놓고 부정적인 언사를 하는 상대의 반응도 겪었기 때문이다. 지금의 나는 비행기를 탈 때마다 기내 수화물을 상단 트렁크에 올려야 하는 순간이 두려운 사람이고, 단체로 무거운 것을 옮겨야 하는 상황에서는 힘없는 나를 들킬까봐 매우 초초해하는 사람이기도 하다.

학창 시절에 "나 이것 좀 열어줘."라고 부탁하면 간혹 오해를 불러왔다. 어떤 남자들은 자신을 향한 관심을 약한 척하며 드러내는 것이라 오해했고, 그걸 보기 싫었던 어떤 여자들은 꼬리 친다고 수군거리기도 했다. 맹세컨대 나는 '힘없음'을 무기로 내세워 남자를 꼬시고 싶지 않았고, 설령 마음에 드는 남자라고 한들 '힘없음'이 상대를 꼬실 무기가 된다고도 전혀 생각하지 않았다. 내가 결백하다고 해도 나를 마음껏 오해하는 상대를 설득하는 건 다른 문제였다. 비슷한 반응이 축적되다 보면 지레 '그렇게도 보일 수 있겠구나.'라고 생각하며 조심하게 된다.

뒤돌아보면 저런 오해를 몇 번이나 받았는지는 기억나지 않는다. 다만 오해를 사는 상황에서 상대가 뱉은 말이 굉장히 강력해서 나를 기죽이기에 충분했다는 것만 기억난다. 잔잔하게 여러 번 잽을 날리는 것보다 강펀치 한 방이 승부를 가르는 복싱 경기와 비슷하다. 친절하게 병을 따주고 웃어주던 사람들이 대다수였을지라도, 강력하게 무안을 주는 누군가의 강펀치가 나에게는 더 치명적이었다. 소심한 인간은 대체로 소수가 내뱉은 그런 말에 더 귀 기울이게 된다.

무슨 일이 닥치든 어떤 상대를 만나든 나보다 상대를 먼저 생각하고 눈치 보는 내가 지긋지긋하다. 병뚜껑을 못 여는 척한다고 욕을 하든 말든 상대의 오해는 내 몫이 아니잖아! 나를 잘 못 이해하는 건 네 사정이고 당장 먹고 싶은 딸기잼을 손에 쥐는 게 더 중요하지! 욕먹을까 두려워 딸기잼을 못 먹는 것보다는 욕을 먹더라도 내가 원하는 것을 갖는 게 이득이라고 생각하니 답은 간단했다. 이렇게나 단순하고 명확한 논리를 왜 인제야 알게 된 것일까. 지나간 시간이 아쉬울 만큼 뒤늦게 찾은 혜안이다.

새해가 밝았을 때 세운 목표는 '하고 싶은 건 망설이지 않기', '싫은 건 싫다고 제때 말하기' 같은 것들이다. 그런 게 목표가 되냐고 생각할지도 모르겠지만, 원래 우리는 취약한 부분을 발전시키려고 새해 목표를 세우지 않는가. 운동이 부족한 사람은 새해 벽두부터 피트니스센터를 찾을 것이고, 영어가 부족한 사람은 영어 학원을 등록할 것이다. 취약한 부분을 개선하고자 세운 나만의 목표는 고작 그런 것들이다.

목표를 세웠으면 최소한 실천하는 척이라도 하는 게 인지상정이지. 소심한 성격을 버리고자 하고 싶은 말도 행동도 참지 않고 지르려고 노력한다. 그러다 보니 10번 다 성공하지는 못하더라도 2~3번 정도는 성공하는 기적을 낳고 있다. 그때마다 상쾌하고 통쾌한 기분은 목캔디를 100개쯤 삼킨 것 같다. 말로 다 표현하기가 어렵다. 정말이지 속이 다 시원해서 하늘도 날 수 있을 것 같다. 〈미움받을 용기〉가 베스트셀러가 된 데는 다 이유가 있는 거였다.

욕먹을 각오를 하고 내가 하고 싶은 말과 행동을 한다. 욕을 먹는다는 두려움보다 원하는 걸 얻었을 때의 쾌감이 더 크다는 것을 한번 경험하고 나니 그깟 욕은 정말이지 아무것도 아니었다. 남 눈치 안 보고 사니까 이렇게나 좋은 걸, 그동안 왜 못했는지 모르겠다. 이렇게 좋은 걸 더 안 할 이유가 없지. 앞으로는 더 당당하게 말할 것이다.

"예, 힘은 없고요. 그냥 토스트에 잼을 발라 먹고 싶을 뿐입니다. 그러니까 잼 뚜껑 좀 열어주세요!!"

해방되고 싶다면
속마음을 한번 말해 봐

"세상에, 나 드디어 못 참는 사람이 됐나 봐!!"

얼마 전 대학 친구들을 만나고 집에 돌아오자마자 속이 시원한 나머지 동생에게 외친 말이다. 신이 나서 호들갑을 떨고 드디어 참지 못하는 인간이 되어버렸다는 사실을 자축했다. 좋은 일이라도 생긴 사람처럼 흥분해서 던지는 소리가 고작 못 참는 사람이 된 것 같다는 기쁨의 포효라니.

그럴 만도 한 게 최근 몇 년간 소심한 성격에서 뻗어 나오는 불편함을 참기 싫어졌고, 더는 이렇게 살지 말자며 성격을 개조하겠다고 생각해왔다. 올해가 밝았을 때 새해 목표에는 '하고 싶은 말 참지 않기', '싫은 건 싫다고 말하기' 같은 걸 적었다. 어떻게든 해내고 말겠다며 굳게 다짐한 목표였는데 이룰 기회가 생각보다 빨리 찾아왔다. 새해 벽두부터 참고 싶지 않은 상황이 발생한 것이다. 기회는 준비된 자의 몫이라고 했으니 왔을 때 잡아야 한다.

  사실 그렇게 대단한 사건 같은 건 아니다. 친구들과 5년 만에 만나기로 한 날, 평소처럼 제일 먼저 도착해서 기다리는 사람이 되고 싶지 않았을 뿐이다. 우리 셋이 만날 때면 약속 시간을 지키는 사람은 늘 나였고 때로는 30분, 어떤 날은 1시간을 기다리기도 했다. 기다림이 꾸준히 반복되었지만 '뭐 그럴 수도 있지.' 하면서 잘 넘어갔다. 휴대폰을 만지고 책도 읽다 보면 시간이 금방 갔으니 별문제가 없다고 생각했다.

그런데 몇 년 사이에 내가 변한 것인지 아니면 새해 목표를 이루고 싶은 의지가 강했던 것인지, 이번만큼은 혼자 기다리는 상황이 좀 싫게 느껴졌다.

물론 나 역시 때때로 지각한다. 제시간에 맞추려고 노력해봐도 매번 약속 시간을 지키기는 어려운 법이다. 어쩌면 그런 나를 대변하고자 상대의 지각에도 늘 너그러웠을 것이다. 내가 늦었을 때 미안한 상황은 그때 가서 생각하고, 지금 싫은 건 싫다고 말해야겠다.

오늘따라 버스가 통 없다는 친구에게 용기를 내서 카톡 창에 한마디를 던졌다. "늦는다는 말이구나." 그렇게 입력해 놓고도 보낼까 말까 망설였는데 참지 않기로 결심한 올해의 목표를 지키기 위해 전송을 눌렀다. 뭐 상황이 어찌 됐든 종국에는 만났고 저녁도 맛있게 먹었다. 그러다 불쑥 내가 보낸 메시지에 짜증이 났다는 친구의 말이 튀어나왔다. 좀 늦을 수도 있는데 그걸로 핀잔을 준 게 못마땅했다는 것이다. 내가 약속에 너무 민감해서 피곤하다고도 했다.

내가 하고 싶은 말을 늘 삼키고 참았던 이유가 바로 이거다. 기분이 나빠도 나를 다스린 채 참고 넘어가면 조용히 끝나는데, 입 밖으로 꺼내면 그 순간부터 불편한 공기가 감돈다. 그런 분위기를 견디는 게 어려웠다. 비단 내가 자초하지 않고 그저 내 앞에서 일어나는 타인들 사이의 팽팽한 긴장감도 항상 나를 도망치고 싶게 만들었다.

나의 말에 기분 나쁜 게 맞는 건지 잠시 친구의 입장을 떠올렸다가, 곧바로 내 기분에 집중했다. 누가 늦고 누가 일찍 왔는지, 이런 걸로 유치하게 굴고 싶지는 않았다. 다만 내 마음에 더 집중했더니 그냥 넘어갈 수가 없어서 맞받아쳤다. "야! 니가 오늘 한 번만 늦었으면 나도 그런 말 안 하지. 너 만날 때마다 맨날 늦었잖아."

조금은 유치한 대응이었고, 과거의 나라면 절대 맞받아치지 못했을 말이다. 예전 같았으면 '내가 한 번 참고 넘어갈 걸. 늦을 수도 있는 건데. 나도 늦을 때 많으면서, 너무 예민하게 굴었나 봐.'라고 반성하면서 친구의 기분을 살폈을 거다. 하지만 이번에는 그러지 않았다. 이내 뜻밖의 수확에 놀랐다. 불편함을 잠깐 견뎌냈더니 속이 뻥 뚫렸기 때문이다.

집에 돌아가는 길에 마침 함박눈이 펑펑 내렸다. 차분하게 내리는 눈송이를 보는데 기쁜 감정이 최고조로 치달았다. 세상이 이렇게 아름답다니. 기분도 좋고 세상도 아름답고. 할 말을 참지 않고 뱉어내는 게 이런 거구나. 할 말을 다 해야 직성이 풀린다는 사람은 이런 기분 때문에 참지 못하는 건가 보다.

상대가 어떻게 나오건 일단 내가 하고 싶은 말을 뱉었을 때의 쾌감은 바로 이런 거였다. '와, 이렇게 좋은 걸 너네만 하고 있었냐??' 갑자기 아무나 붙들고 원망을 쏟아내고 싶었다. 세상도 아름답게 만든 그 짜릿함은 오랫동안 나를 맴돌았고 어디를 가든 호들갑 떨며 자랑하기 바빴다.

나의 자랑은 가족과 친구들에게서 끝나지 않고 오랜

기간 화상영어 수업을 하던 튜터에게까지 이어졌다. 새해 계획을 지키고자 뱉었던 말과 그날의 기분까지 세세하게 전하면서 '속이 다 시원하다'를 영어로 어떻게 말해야 할지 몰라 이런 표현을 썼다. "I felt fresh.", "I felt cool." 개떡같이 말해도 늘 찰떡같이 알아듣고 적절한 표현으로 교정해주는 튜터는 문장을 이렇게 고쳐주었다. "I felt liberating." 튜터가 교정해준 영어 문장을 보는 순간 입이 쩍 벌어졌다. 며칠간 느꼈던 감정의 정체가 바로 '해방'이었다는 것을 뒤늦게 맞닥뜨린 것이다. 그 어떤 단어보다 그날의 내 마음에 딱 어울리는 표현이었다.

하고 싶은 말을 참지 않았을 때 맛볼 수 있는 것이 무려 해방감이라니. 답답한 과거로부터 해방되어서 그렇게까지 행복했던 거다. 그날 밤은 뿌듯한 미소를 띠며 기분 좋게 잠이 들었다. 그리고 다시 한번 되새겼다. 올해의 목표는 과거에 세운 어떤 목표보다도 이루기 쉽다. 순간의 불편함만 감수한다면 성공할 수 있는 목표이니 남은 기간 동안에도 꼭 잘 이뤄내자. 이러다 너무 성공해버려서 사소한 것도 못 참는 쫌생이가 되면 어쩌지. 걱정이 조금 앞섰지만 그건 또 그때 가서 새해 계획으로 세우면 될 일이다.

화장하는 고등학생이
뭐 어때서요?

내 화장대에 앉더니 큼지막한 자기의 파우치를 올려놓는다. 지퍼를 활짝 열자 속이 훤히 들여다보이는 파우치. 뭐가 들었길래 저렇게 큰 걸까 싶어 슬쩍 보니 화장품이 한가득이다. 내 화장품보다 가짓수가 많아 보이는 데다가, 한올 한올 붙이는 인조 속눈썹까지 들어있다. 휘적휘적 하나씩 꺼내서 얼굴에 톡톡 바르는 17살의 사촌 동생은 얼마 전에 새 앨범을 내고 컴백한 오빠들을 보러 간다며 꽃단장 중이다.

"아니 예린아, 무슨 고등학생이 화장을 해?"

"뭐래, 내 친구들 다 하는데."

0.1g의 타격감도 없이 쓱쓱 눈썹을 그리면서, 꼰대가 되어버린 사촌 언니를 이상한 눈으로 볼 뿐이다. 나 역시 놀라기는 마찬가지다. 아직 성인도 안 됐는데 다들 저렇게 화장을 하고 다닌다니.

"라떼는 말야~ 고등학생이 화장하면 선생님한테 뒤지게 혼나고 막 그랬어~"

언제 적 구닥다리 소리냐고 말하는 듯이 표정이 뾰로통하다. 사실상 학교에서도 별로 혼내지 않는 분위기라고 한다. 어차피 선생님 말을 곧이곧대로 듣는 애들도 별로 없다면서. 대수롭지 않게 말하는 사촌 동생을 보니 선생님이 무서운 존재로 인식되지도 않는 것 같다.

요즘 고등학생은 다 저런 걸까. '요즘 애들' 운운하면서 혀를 차는 일은 어느 시대에서나 빠질 수 없는 일인지 '쯧쯧' 소리가 나오려고 한다. 꼰대만큼은 되지 않기를 소망했는데 어쩔 수가 없나 보다.

나의 10대 시절에는 자고로 공부 열심히 하고 학생으로서 품위를 지키는 일이 무엇보다 중요했다. 아무리 예뻐지고 싶어도 정도를 벗어나 자신을 꾸미는 일은 금기 그 자체. 얼굴에 치장했다가는 선생님의 미움을 샀고 처벌 사유로도 충분했다. 한창 예뻐지고 싶은 소녀의 욕구는 꾹꾹 눌러 나중으로 미뤄야 했다. 그렇지만 예외는 어디에나 있는 법. '라떼'에도 규칙을 어기는 학생은 있었다. 선생님은 안중에 없는지 종종 화장을 한 채로 등교하던 학생들은 예쁨을 포기하느니 차라리 맞고 말겠다는 깡다구가 있는 친구들이었다.

  유난히 멋 부리기 좋아했던 친구가 떠오른다. 다이슨 에어랩 같은 건 있지도 않던 그 시절, 고데기로 머리를 한 올 한 올 말고 오던 친구였다. 공부에도 관심이 없었고 뒷자리에 앉아 늘 거울을 보면서 얼굴을 체크하고 머리를 매만졌다. 자연스레 문제가 있는 아이로 이름을 올렸다. 뒤돌아보면 고작 그런 거로 미움받는 게 정당한 일인지는 잘 모르겠지만, 어쨌거나 사실이 그랬다. 내가 아는 한 그녀는 천성이 나쁘거나 못돼먹은 아이가 절대로 아니었다. 그저 치장하는 걸 지극히 좋아했을 뿐이다. 친구는 눈엣가시가 되었고, 선생님은 그녀에게 늘 찡그린 얼굴을 보였다.

화장과 머리 손질을 그만두라는 선생님의 말이 계속됐고, 그 말을 무시하는 친구의 행동 역시 계속됐다. 반복된 지적에도 굴하지 않고 어김없이 머리를 돌돌 말고 화장하던 그녀. 사람이 무시를 당하면 대체로 화가 나기 마련이다. 더구나 선생님의 위치에서 말을 들어 먹지 않는 학생에게 분노하는 건 당연했을지도 모르겠다. 어디선가 양동이를 들고 오더니 친구의 머리 위에 촤아악 물을 쏟아붓는다.

한 땀 한 땀 정성으로 말아온 탱글탱글한 컬이 순식간에 물미역마냥 힘을 잃고 축 늘어진다. 화가 잔뜩 나서 씩씩거리는 선생님을 보며 얼핏 이런 생각을 했다. '내가 아니라서 다행이다. 저 꼴을 당하지 않으려면 선생님 말씀 잘 들어야지.'

가만히 생각해보면 어릴 때부터 귀에 딱지 앉게 들었던 게 어른들 말씀 잘 들으라는 말이었다. 그래야 한다고 하니까 그래야 하는 줄로만 알았고 그러기 위해 노력했다. 엄마한테도 선생님한테도 혼나지 않으려고 하지 말라는 건 안 하면서 살았다. 어쩌면 사랑받고 싶어서 애쓴 것일지도 모르겠다. 집단에서 튀는 사람은 눈초리를 받았고, 그렇게 박힌 주홍 글씨는 꽤 오래간다는 걸 경험으로도 익히 알고 있었다. 정도에서 벗어나지 않는 말과 행동이 더욱 안전한 선택이었다. 대학에 가고 회사에 취업했던 일련의 과정 역시 그런 맥락에서 자연스럽게 일어난 결과였다.

아이러니하게도 좋다는 것만 골라서 했는데도 불행이 눈앞에 닥쳐서 혼란스러웠던 기억이 난다. 처음으로 내 인생의 방향을 진지하게 그려본 건 취업 직후였다. 내 인생이 왜 행복하지 않은지에 대한 답은 결국 하나였다. 모든 것이 결코 나의 의지로 선택한 삶이 아니라는 걸 미련하게도 그때야 깨달은 것이다.

모든 일에 명백한 한 가지 원인만 존재하지는 않을 것이다. 내가 지금의 '나'로 이루어진 것 역시 쌓이고 쌓인 역사 속에 여러 가지 원인이 뒤섞인 결과일 것이다. 내 인생은 언제부터 어떻게 어긋난 것일까. 자기혐오로 가득 찬 밤에는 이런저런 생각을 동동 띄운다. 그 시초가 '말 잘 듣는 어린이', '말 잘 듣는 학생'은 아니었을까 하는 생각에 다다르자, 어디서도 분위기를 거스르지 않으려고, 언제든 튀는 사람이 되지 않으려고 침묵하던 시간이 함께 따라온다. 까탈스러운 자아가 튀어나올까 봐 늘 조심하고 감추다 보니 어느새 대중의 의견을 따르는 사람으로 굳어져 버린 것이다.

듣기 싫을 땐 말 좀 안 듣고 살아볼걸. 하라는 대로 다 하면서 살지 말아 볼걸. 말 잘 듣고 순응하며 살아야 좋은 사람이 되는 거라고 철석같이 믿었던 나 자신이 지극히 아쉬운 밤이다. 그렇게 살아서 얻은 결과가 고작 이거야? 남들은 인생을 완성형으로 꾸려가는 동안에도 여전히 무엇을 업으로 삼을지 빈손으로 고민하는 내가 남았을 뿐이다.

선생님의 꾸중에도 굴하지 않고 머리를 말았던, 선생님 말보다 자신의 욕구가 먼저였던 그 친구는 어떻게 살고 있을까. 적어도 이런 나보다는 더 당차고 소신 있는 모습으로, 그렇게 멋진 사람이 되어 살고 있지는 않을까? 살짝 억울한 밤이다.

새벽 감성이
꽃시장을 만날 때

나는 우리 집에서 유일한 올빼미족이다. 어딜 가나 아침형 인간이 더 대접받는 분위기를 느끼며 살아왔는데, 그건 집에서도 마찬가지였다. 수면 패턴으로 보면 유일한 이방인이라서 자연스레 늦잠은 나쁜 거라 여겼다. 아침형 인간으로 살지 못하는 건 의지 부족 탓이라며 자책하기도 했다. 지금은 그러지 않는다. 그저 아침이 더 힘든 사람이 있고 내가 그중에 한 명일 뿐이라고 생각하며 산다.

그런데도 고향 집에 가서는 여전히 새 나라의 어린이 코스프레를 하고, 새벽에 깨어있을 때 얕게 죄책감이 깔리는 걸 보면 눈치 보는 버릇이 고쳐지지는 않는 듯하다. 여차하면 새벽 6시에 잠든다는 걸 차마 광고하지는 못하고 있다. 그건 동생과 단둘이 살면서도 별반 다르지 않다.

그런데 지난달, 동생이 간만에 여행을 간다면서 며칠 집을 비웠다. 잠시나마 혼자 사는 특혜를 누릴 수 있게 됐다. 이대로 쭉 혼자 사는 거라면 달랐을지도 모르겠지만 기한이 정해진 임시 독립생활은 살짝 기대를 불러왔다. 와이프가 친정에 가면 입꼬리부터 올라간다는 유부남의 심정이 이런 걸까. 동생이 집을 비운 동안 가장 좋았던 시간은 밤이다. 어둠이 깔린 새벽이 특히 좋았다. 잠든 동생을 신경 쓰며 TV 소리를 줄이지 않아도 되니 홀가분했다. 새벽에 설거지를 해도 거리낄 게 없다니!

문득 아침에 가던 꽃시장을 깜깜한 새벽에 가보고 싶

어졌다. 육아 중인 친구들이 남편 찬스로 자유부인이 되었을 때 "오늘 마시고 죽자."라고 신이 나서 주체를 못 하던 모습이 떠오른다. 나는 이미 충분히 자유로웠음에도 거기에 또 다른 자유 하나가 덤으로 얹어진 기분이었다. 야식을 먹을 때 들었던 마음과도 조금 비슷했다. 무언가 금지된 것을 마구 누릴 때만 느낄 수 있는 짜릿함이었다. 새벽 1시에 집을 나서면서 괜히 주변을 살핀다. 지금 꽃시장에 가도 되는 거 맞지? 공연히 이러면 안 될 것 같았지만 두 발은 이미 가벼웠고 그 순간은 꽤 달콤했다.

늘 막히던 구간인데 새벽에는 놀라우리만큼 도로가 텅 비어 있었다. 남들과 다른 시계추를 사는 건 색다름을 준다. 운전대를 잡으니 외로움인지 쓸쓸함인지 정체 모를 공허함도 밀려왔다. 꽃시장에는 10분 만에 도착했다. 주차할 때만 해도 밤공기가 고요하게 내려앉았는데, 시장 문을 열자마자 생기가 돈다. 문 하나로 세계가 나뉘는 현실, 사람 사는 모양이 제각각이라는 게 확실감됐다.

순간적으로 어깨에 힘이 들어가면서 어른이 된 기분도 느꼈다. 한 바퀴를 돌고 난 후 최종적으로 귀여운 금귤나무와 핑크색 꽃을 샀다. 신문지에 돌돌 말린 꽃을 한 아름 품에 안고 다시 주차장으로 걸어 나오는데 밤공기가 무척 따스하다. 한동안 강추위가 계속되다가 갑자기 풀린 날씨 덕택에 더욱 그랬다. 달큰한 공기가 마치 처음 맞는 봄기운처럼 반가웠다.

　불현듯 서울 한복판에 꽃을 들고 서 있는 내가 꼭 타인처럼 낯설다. 마치 한 걸음 뒤에서 내가 나를 구경하고 있는 기분이다. 까마득한 옛날, 10대의 나는 서울을 꿈꾸던 시골 아이였다. 물론 당시의 상상에 반짝반짝한 서울의 밤공기를 맡으며 꽃을 사는 모습은 없었지만. 내가 10대였던 옛날에도 똑같이 실재했을 이 땅에 몇십 년의 간극을 두고 훅 점프해서 날아온 것 같았다. 그 시절의 나에게 잠깐 다녀온 것 같은 느낌도 들었다. 그 사이의 시간은 다 어디로 흩어진 건지 꼭 한밤중에 꿈을 꾼 것 같기도 했다.

왜인지 모르겠지만 가끔은 이 세상이 전부 가짜 같을 때가 있다. 내가 살고 있는 이 세상이 잘 짜인 드라마나 연극 같다는 느낌이 들곤 한다. 저마다 열심히 일하고 사랑하고 또 열심히 싸우기도 하면서 인생을 살아가는데, 모두가 나를 향해 연기하는 게 아닌가 싶은 그런 순간들.

　마치 영화에서 영혼이 빠져나와 가만히 자기 몸을 바라보는 주인공의 시점처럼 말이다. 혼자 세상과 동떨어져서 한순간에 구경꾼으로 변신한 것 같은 이상한 기운이 느껴질 때가 있다. 그럴 리는 절대 없는데 '이제 연극이 끝났군.' 하면서 눈앞의 모든 게 아지랑이처럼 단숨에 흩어져 버릴 것 같다.

　그런 기묘한 관조로 휩싸일 때는 "꼭 장난 같다. 이 세상은 대체 다 뭐지?" 답이 없는 질문을 띄우게 된다. 출처도 불명하고 아무 때나 꺼내기엔 다소 철학적인 물음이다. 이내 '세상이 뭔시노 모르겠는데 그냥 단순하게 살자.' 혼자서 뻔한 결론을 내린다. 방금 산 꽃을 조

수석에 신고 안전벨트를 맸다. 집으로 돌아오는데 무턱
대고 모든 게 잘되고 곧 행복한 일이 생길 것 같은 믿음
이 몰려왔다. 어디서 생겨났는지는 나도 잘 모르겠는
마음이다.

홍광호와 성시경을
연달아 보고 생각한
나의 '재능 없음'

공연장을 자주 찾다 보니 공연 때마다 행복이 충만해짐과 동시에 그들의 재능에 감탄하게 되고 마지막에는 부러움으로 끝난다. 질투라기보다는 그저 부럽고 또 부러운 마음이 크다. 종종 사람이 가지고 태어나는 '재능'에 관해 생각한다. 아무리 숨겨봐도 타고난 재능은 어떻게든 드러나고 그것이 밑바탕되어 지업이 결정되는 싦. 내가 가보지 못한 그 길은 막연히 아름답고 또 멋진 세상으로만 보인다.

기억이 뚜렷한 시점부터 떠올리자면 가수, 의사, 아나운서, 기자, 드라마 작가, 방송작가, 번역가, 작사가, 작은 공방 주인 등등 아주 다채롭고 휘황찬란한 직업들을 꿈꿨다. 너무 많아서 어떤 꿈은 꾼 적이 있었나 할 정도로 희미하다.

때로는 정말이지 간절했고 때로는 가벼웠지만 범위만은 매우 넓었다. 아직은 어느 쪽에도 속하지 못한 채 돈도 못 버는 프리랜서가 나의 현주소다. 위에 열거한 직업군은 하나같이 타고난 외모나 재능이 필요한 분야들이다. 뛰어난 미모나 타고난 재능이 없는 나는 어느 것 하나 이뤄낼 수 없었다. 일찌감치 객관화가 잘 된 나머지 시도조차 하지 않고 지레 포기한 경우도 있다.

치열한 피켓팅을 뚫고 봤던 뮤지컬 〈데스노트〉에서는 등장과 동시에 관객을 압도하는 홍광호 배우의 노래 덕에 감동의 입자가 온몸으로 퍼졌다. 집 나간 정신마저 돌아올 것 같은 압도적인 실력을 보며 나는 또 생각했다. 이 사람은 그 어디에 숨어있었더라도 절대적으로 뮤지컬 배우를 할 수밖에 없는 운명이 아니었을까. 뮤지컬의 'ㅁ'과도 상관없는 일을 했더라도 어떤 우연이 겹치고 겹쳐서 그의 운명을 뮤지컬 배우로 이끌지 않았을까. 그가 뮤지컬 배우가 된 실제 계기도 우연인 걸로 알고 있다.

바로 다음 날 3년 만에 열리는 성시경의 축가 공연에 갔을 때, 아무래도 운명과 그에 맞는 재능은 세트로 주어져 태어나는 것이라 확신하고 싶어졌다. 선선한 바람 때문에 조금 추워진 순간에 그 추위를 말끔하게 녹여줄 만큼 그의 목소리는 달콤했다. 이런 사람이 가수가 아니면 어쩌란 말인가. 감탄을 자아내는 노래였다.

많은 사람이 기꺼이 시간과 돈을 투자해서 한 사람의 노래를 들으러 오는 이 놀라운 현실을 만들어내는 사람. 그 끝에 있는 성시경을 보면서 이렇게 감미로운 목소리와 꿀 바른 노래 실력은 지구 어디에 있었더라도 결국 성시경이 되고아 말겠구나 싶었다. 하다못해 길거리에서 살짝 노래를 흥얼거리다가도 대형 기획사 사장

귀에 쏙 박혀 그 자리에서 캐스팅이 되고 앨범을 낼 것 같다.

정승제 스타 강사가 천재와 수학에 관해 말하는 짤막한 영상을 본 적이 있다. 유능하신 선생님은 타고나지 않아도 누구나 1등급을 받을 수 있는 것이 수능 수학이라고 말한다. 그러니 포기하지 말라며 김연아 선수를 언급한다. 본인이 지금부터 죽도록 연습해도 김연아 선수처럼 트리플 악셀을 도는 건 불가능하다고 말하면서.

제아무리 노력해도 타고난 천재를 흉내 낼 수는 없다는 뜻이었다. 그와 다르게 수능 수학만큼은 천재성이 없어도 누구나 1등급을 받을 수 있다고 자신했다. 학생들에게 동기를 부여하고자 꺼낸 말인데, 의도와는 다르게 나는 '천재성'이라는 말에 꽂혀버렸다.

결국 인생이라는 게 그런 것은 아닌가 하고. 가끔 독보적이고 뛰어난 이들을 보면 인간은 자기에게 주어진 운명 값이 이미 정해진 것이 아닐까 싶다. 그리고 나의

'재능 없음'에 대해서도 조금은 생각한다. 뛰어난 재능이 한 개도 없이 태어나 왜 이리 평범하게 살 수밖에 없는지 나를 비관하던 예전과는 조금 다른 고민을.

대단한 능력은 없지만 노력하면 수능 1등급 받을 수 있는 정도의 재능은 나에게도 있을 것 같다. 어쩌면 그 정도로 충분히 괜찮지 않을까. 시대가 바뀌고 다양한 직업이 생겨난 현실을 보며 유연해진 것이다. 재능이 없어서 프리랜서가 될 수 없다고 슬퍼하던 몇 년 전의 나를 깨고 정면으로 부딪치고 있다.

재능이 없다면 그 재능 없음으로라도 먹고살아야겠다고 각오를 다지면서 말이다. 그렇게 생각하다 보면 신기하게도 언젠가는 잘될 것만 같고, 내 안에 잠재력이 숨어있을 것만 같은 기분이 든다.

물론 이런 마음과는 별개로 타의 추종을 불허하는 독보적이고 대단한 재능을 가진 사람들이 부러운 건 바뀌지 않는 마음이지만 말이다.

최양락이
무슨 잘못이라고

"나, 단발로 자를까?"

"누구야? 누가 널 이렇게 흔들었어?"

김태리의 사진과 함께 친구의 고민이 도착했다. 친구야, 너도 결국 어느 날 문득 찾아온다는 그 병에 걸리고 말았구나. 여자라면 필연적으로 한 번은 걸릴 수밖에 없는 '단발병'. 나도 옛날에 〈그들이 사는 세상〉 드라마 속의 송혜교를 보고 단발로 확 저질러 버린 적이 있었다. 그때 그 충동 때문에 다시 긴 머리로 돌아가기까지 한참의 시간이 걸렸다.

단발로 예쁘게 잘랐다고 해서 머리카락이 그대로 멈춰 있는 게 아니다. 눈치 없이 열심히도 자라서 결국 애매한 길이를 거치게 되는데 이도 저도 아닌 중단발 길이를 대부분은 버텨내지 못한다. 예쁜 단발도 아니고 확실하게 긴머리도 아닌 구간을 견디지 못하면 다시 단발로 자르게 되고, 이 과정이 몇 번 반복되면 그야말로 뫼비우스의 띠가 된다.

조금 기르다가 다시 자르고, 또 마음먹고 기르다가 자르기를 반복하면서 무한한 굴레를 벗어날 수가 없다. 결국에는 애초에 단발로 자른 게 잘못이었다며 후회하기 때문에 '단발병'이라고 이름이 붙은 것이다.

무시무시한 이 병에서 완치할 방법은 크게 두 가지가 있다. 첫 번째는 단발병 퇴치짤을 보고 정신을 차리는 것이고, 두 번째는 퇴치짤을 보고도 정신이 차려지지 않을 시에 시도하는 방법인데, 더 이상 고민하지 않을 수 있게 확 잘라버리는 것이다. 짝사랑을 끝내는 유일한 방법이 고백이듯이 퇴치짤로도 효과가 없다면 자르고 후회해야지 별도리가 없다.

단발병 퇴치짤로 가장 좋은 효과를 내는 것은 단연 개그맨 최양락의 단발 사진이다. '단발병 퇴치짤'로 검색만 해도 바로 상단에 뜨기 때문에 쉽게 찾아볼 수 있다. 단발하고 싶은 충동이 올라올 때마다 곧잘 최양락의 사진을 보면서 마음을 다잡을 수 있었다.

단발병 퇴치짤이 너무 유명해져서인지 어느덧 최양락 본인에게까지 그 이야기가 흘러 들어간 모양이다. 어느 인터뷰에서 최양락은 억울함을 토로하면서 이렇게 말한다. "지네들(?)이 못생겨 놓고 왜 나한테!!" 화가 잔뜩 난 표정으로 뱉어내는 말을 듣자 하니 너무 맞는 말이라 납득이 간다.

가만히 생각해보면 아무런 잘못도 없는 최양락을 들먹일 게 아닌데 말이다. 단발이 망한 것은 그저 그 머리를 소화하지 못하는 나의 얼굴이 문제인데 왜 최양락을 탓한단 말인가. 단발로 자른 것도 나의 선택이고 망한 원인도 나에게 있는데, 평생 마주친 적도 없는 최양락을 들먹이는 건 무엄하도다. 심지어 퇴치짤은 단발을 만류하는 사진임에도 너는 무시하고 머리를 잘라버리지 않았느냐. 더더욱 그를 탓하면 안 될 일이다.

솔직히 고백하자면 나는 남 탓을 종종 한다. 약속한 시각에 도착하지 못하면 "차가 왜 이렇게 막히냐?? 진짜 미안!"이라고 말하는 식이다. 그런데 차 막힐 시간을 미리 계산해서 더 여유롭게 나왔다면 지각하지 않았을 것이다. 서울 시내 도로가 허구한 날 막힌다는 건 시골 집 강아지도 알만한 사실이 아닌가.

길을 걷다가 바닥에 버려진 빈 깡통에 발이 걸려 넘어질 뻔했다. "아니 미친. 누가 길바닥에 이런 걸 버렸어?" 물론 쓰레기를 버린 자도 잘못이지만, 그것과는 상관없이 거리를 잘 살피고 걸었다면 피할 수 있는 일이었다. 그 외에도 내가 남 탓하는 경우는 꽤 많이 있다.

"내 잘못이지, 뭐."

헤어진 상대에 대한 평가는 '쌍년' 아니면 '개새끼'가 정석인 줄 알았는데, 자신의 탓으로 시작하는 친구의 말은 그래서 남달랐다. 속마음까지는 알 길이 없지만 적어도 겉으로는 내 탓이 먼저 나왔다. 되짚어 보면 모든 일에는 명확한 원인이 있기 마련이다. 모든 상황에 서로의 잘잘못을 냉정하게 따지고 계산해야 하는 것은 아니다. 그럴 필요도 없고. 그래서 모든 일에 내 잘못의 지분이 얼마나 되는지 깐깐하게 따져야 하는 건 아니지만, 무턱대고 남 탓으로만 돌리는 것도 좋은 태도는 아니란 생각이 들었다.

어떤 일의 원인에 '나'를 첫 번째로 두고 반성할 줄 아는 사람은 과연 염치가 있는 사람이다. 동시에 진정으로 자신을 사랑할 줄 아는 사람이다. '나는 완벽한데 이 사회가 문제야! 난 아무 잘못 없는데 그 자식이 문제였어!'라고 모든 문제를 외부의 탓으로 돌리면 마음은 편하다. 그리고 정말이지 그런 것만 같아서 당장은 나를 지켜냈다는 생각도 든다.

그렇지만 내가 '남 탓'에 앞서 '내 탓'도 놓치지 않으려는 이유는 어정쩡한 러브 마이셀프를 하고 싶지 않아서다. 또 나의 잘못과 문제를 직면한 뒤에 결함까지 인정하고 사랑하는 진정한 러브 마이셀프를 하고 싶어서다. 일단은 올바른 'myself'가 있어 줘야 'Love'를 하든지 말든지 할 거 아닌가. 진정으로 나를 사랑하는 일은 회피가 아닌 직면에서 온다.

상대에게 사랑받기 위해 자신을 속이거나 꾸미는 것은 오랜 관계 유지에 치명적이라고 한다. 있는 그대로의 모습을 보여주고 무리하지 않는 게 관계 유지에서 무엇보다 중요하다는 말이다. 내가 나와 잘 지내는 데도 원리는 다르지 않다. 나는 내 삶의 주체자이면서 동시에 목격자이기도 하다. 한순간도 나와 직면하지 않고는 살아갈 수가 없다 보니 숨기고 싶은 모습도 필연적으로 마주하게 된다.

밉고 못생긴 모습까지 사랑하기는 어렵지만, 안아주고 싶기는 하다. 사랑받을 자격이 없는 하루를 살았더

라도 나를 미워하지 않는 방향으로, 존재 자체로 충분
하다고 믿는 방향으로. 어쩌면 그게 내가 계속해서 도
망치지 않겠다고 다짐하는 이유인지도 모르겠다.

떡볶이를 먹으며 생각한
비겁하지 않은 어른에 관하여

아주 솔직히 말하자면 떡볶이가 최애 음식은 아니다. 남자에게 돈가스가 있다면 여자에겐 떡볶이가 있다나? 여자라면 떡볶이를 안 좋아할 수 없다고 누가 그래? 물론 적당히 좋아한다는 말이지, 싫다는 뜻은 아니다. 얼마나 다양한 떡볶이를 먹어봤는지 나열한다면 그래도 없진 않은 정도? 제일 먼저 생각나는 건 아차산 신토불이 떡볶이다. 한지민 배우의 맛집으로도 유명한 이 집 떡볶이는 핫도그를 곁들여야 한다. 아차산까지 떡볶이를 먹으러 갔다면 핫도그를 잊지 말자. 삶은 계란을 추가하는 건 굳이 말하지 않아도 알겠지?

홍대에 본점이 있는 또보겠지 떡볶이에서는 갈릭 포테이토가 빠지면 무척이나 섭섭하다. 감자튀김을 싫어하는 나조차도 계속 생각나는 맛이다. 누구나 배달로 한 번쯤은 시켜 먹어봤을 법한 동대문 엽기떡볶이는 주먹밥과 계란죽이 떡볶이의 맛을 한층 더해주고, 소시지 추가는 많이 할수록 좋다.

떡볶이가 엄청 땡기지 않지만 가볍게 먹고 싶을 때는 두끼만 한 곳이 없다. 손꼽히는 맛집 수준은 아니지만, 늘 평타 이상을 내주기 때문에 실패 확률이 낮다. 원하는 재료만 쏙쏙 골라서 마음껏 먹을 수 있다는 장점도 있다. 미미떡볶이를 들어본 적이 있는지 모르겠다. 여기서는 새우튀김을 꼭 먹어야 한다. 큼지막한 새우튀김이 머리까지 달려 나오는데 한 입 베어 물면 아삭한 소리와 함께 맛이 더해진다. 이 집의 떡볶이 국물은 묽은 느낌에 가까워서 새우튀김을 푹 담가서 적셔 먹어도 맛있다.

가로수길에 있는 반장떡볶이는 즉석떡볶이 맛집이

다. 보통 매콤한 짜장 맛인 부반장 떡볶이를 시키는데 쫄면이나 라면을 사리로 추가해서 먹으면 면발에 양념이 스며들어서 마치 새우깡에 손이 가듯 계속 먹게 된다. 혹시나 집에서 만들어 먹고 싶다면 마켓컬리에서 파는 금미옥 떡볶이 밀키트를 추천한다.

떡볶이 맛집을 떠올리다 보니 왠지 떡볶이에 환장한 사람 같아 보이지만, 정말이지 떡볶이가 최애 음식은 아니다. 갑자기 생각나는 집이 있다. 바로 악어떡볶이다. 여기로 말할 것 같으면 한양대에 있는 쌀 떡볶이 맛집으로, 쫄깃함을 자랑한다는 특징이 있다. 근처에서 일할 때 점심으로 자주 먹곤 했는데 김밥, 쫄면, 순대도 은근히 맛있다.

가볍게 먹기 좋은 곳이었는데 〈유퀴즈 온더 블록〉에서 유재석이 극찬을 하는 바람에 어느 순간 엄두를 내지 못하게 되었다. 방송에 나온 바로 다음 날부터 어디가 끝인지 모르게 늘어선 줄을 보고 깜짝 놀랐다. 먹기 힘들어지자 쿨하게 포기했고, 이제는 근처에 갈 일도 없어서 잊고 지냈는데 갑자기 참을 수 없게 먹고 싶어졌다.

한양대 연구실에서 일하는 친구에게 카톡을 보냈다.
"은수, 아직도 악어떡볶이 줄 서서 먹어?"
"아니. 이제 사람 다 빠졌어."
"나 갑자기 너무 먹고 싶어."
"그럼, 수요일 점심에 와!"

순조롭게 악어 떡볶이 만찬 약속을 잡았다. 길게 늘어섰던 줄이 언제 이렇게 훅 빠졌나 싶었지만, 벌써 2년이나 지났으니 그럴 만도 하다. 이 떡볶이를 어찌나 먹고 싶었던지, 오랜만에 먹어도 쫄깃쫄깃한 식감은 여전했다. 한창 먹고 있는데 초등학생 3명과 학원 선생님으로 보이는 20대 여성이 우리 옆자리에 앉았다. "얘들아, 여기 떡볶이 진짜 맛있어!"

살짝 상기된 선생님은 매운맛, 중간 맛, 순한 맛 중에 무슨 맛을 먹겠냐고 물었다. 아이들에게 떡볶이를 소개하는 선생님도 충분히 귀여웠는데, 3가지 맛을 놓고 고민하는 초등학생의 반응은 더욱 그랬다. 듣지 않으려 해도 물리적으로 가까워 쉽지 않았다. 드디어 결정했나 보다. "아, 왠지 오늘은 매운맛이 안 땡겨." 순한 맛을 고르면서 누가 뭐라고 하지 않았는데 변명하는 게 귀여웠다. 원래는 매운맛 떡볶이쯤이야 문제없지만, 오늘은 그저 순한 맛이 먹고 싶을 뿐이라는 당당함.

그 모습을 보고 있자니 6살짜리 사촌 조카와 치킨을 먹던 날이 생각났다. 온 가족이 모였을 때 간장치킨부터 알싸한 매운 치킨까지 다양하게 주문하여 상을 차렸다. 매운 치킨을 먹는 어른들 사이로 자연스레 6살 조카가 다가왔다. "이건 매운 거야. 리양이는 안 매운 걸로 먹어." 별 뜻 없이 배려하는 말이었는데 "아니에요. 나 이거 먹을 수 있어!" 매운맛에 덥석 손을 뻗었다. 호기롭게 덤볐지만, 예상보다 매웠는지 화들짝 놀라서 물을 찾았다. '습~습~'하면서도 "아, 벌써 배가 부르다. 그만 먹어야겠다."라면서 섯가락을 놨다.

어른들은 하나같이 그 모습이 귀엽다며 웃었다. 어쩌면 약한 모습을 보이고 싶지 않은 게 인간의 본능일까. 떡볶이집 아이들과 사촌 조카에게 누구 하나 매운 걸 먹으라고 강요하지 않았는데 굳이 나서서 강한 척하는 게 새삼스럽다. 인간의 본능과 본성을 알고 싶을 때 아이들을 들여다보면 한층 쉬워진다. 흔히 말하듯 때 묻지 않아서인지 투명하고 솔직하다.

떡볶이를 먹다가 인간의 나약함과 연결 짓는 게 느닷없지만, 약한 면은 숨기고 싶은 게 인간의 본능이라고 생각하니 묘하게 안심이 됐다. 가지고 싶었으나 끝내 갖지 못한 것을 두고 마음이 쓰렸던 기억이 겹쳐서다. 그때의 나는 어차피 처음부터 크게 바라지 않았다고 세뇌하면서 애써 현실을 부인했다.

결국, 끝에는 비참해질지언정 비겁해지고 싶지는 않은 '나'를 보았다. 가지지 못했기 때문에 "사실은 처음부터 관심이 없었어."라며 자신을 속이기보다는, 너무 원했지만 그러지 못했다고 인정하는 내가 되고 싶었다.

애써 아닌 척 비겁하지 않고, 마음 구석구석을 밑바닥까지 꺼내어 보여줄 수 있는 단단한 사람이고 싶었다.

"저 매운 거 못 먹어서 그냥 순한 맛 먹을게요."라고 말해도 나약한 게 아니듯, "노력했는데 능력 밖이라서 실패했어요."라고 한들 내가 보잘것 없지 않다. 언제나 솔직하고 싶다. 욕망을 마음껏 드러냄과 동시에 처연한 실패에도 금세 의연해지고 싶다. 남은 속여도 끝끝내 나까지 속일 수는 없다는 걸 알고 있어서다. 왠지 당분간은 떡볶이를 볼 때마다 멋지고 단단한 인간이 되고 싶다는 욕심이 떠오를 것 같다.

중 2병이 중 2때
오는 것도 축복이라는데

.

악동뮤지션에서 오빠를 담당하는 이찬혁이 선글라스를 쓰고 요상한 춤을 추면서 노래를 한다. 저건 혹시 예술인가? 잘 몰라서 그런지 조금은 웃긴 것 같기도 한데, 기분 탓일 거다. 그런데 댓글을 보니 아니었다. 대부분은 약간 난해하다고 생각하는 듯하다. GD병이라는 반응도 있고 군대에서 많이 힘들었구나 하는 반응도 있다. 그중에 한 댓글을 보고 터져 나오는 웃음을 참기 어려웠다.

"진짜 중2병이 중2에 오는 것도 축복임." 박장대소는 이런 상황을 설명하려고 있던 단어인가 보다. 깔깔깔. 공감은 1.6만이고 대댓글도 60개 달린 걸 보니 나만 웃은 게 아니었다.

대댓글을 한 번 펼쳐봤더니 웃다가 침 흘린 사람도 있다고 한다. 쭉 읽다 보니 몇 개의 대댓글에 눈길이 멈춘다.

"중2병이 중2에 오면 쟤 중2잖아~ 하고 마는데 나이 들고 나서 오면 쟤 왜 저러나 하잖아요."

"젊었을 때 오는 게 정말 좋은 것 다 용서됨 진심."

큭큭 웃다가 갑자기 쓸쓸함이 번진다. 아무래도 이제 젊음의 특권을 한참 비껴갔기 때문이겠지. 서투르고 엉망이어도 어린 나이로 커버되는 것들이 있다. 당장 주변만 둘러봐도 작고 귀여운 아기들은 발길질을 해도 "아이고 귀여워~" 찬사를 듣지 않던가. 어리고 귀엽다는 것은 그 자체로 득혜다. 사회 초년생은 일이 서툴러도 "괜찮아, 처음부터 잘하는 사람이 어딨어. 하다 보

115

면 나아지는 거지." 격려를 기대할 수 있다. 5년 차에도 여전히 서투르다면 능력이 없다고 비판받고, 덜돼 먹은 상사라도 만난다면 쌍욕을 들을지도 모른다.

썸을 타던 상대에게 "그런데... 우리 무슨 사이야?" 헛발질하고 급발진하는 연애도 20대에는 얼마나 순수하고 귀여운가. 오히려 서투름이 귀여움으로 둔갑하여 매력 포인트가 되기도 한다. 하지만 30대에도 여전히 "오빠! 나 좋아하는 거 맞아? 나 삐진다." 이런 멘트를 날렸다가는 상대가 한 걸음 물러설지도 모른다. 30대에 서투른 연애는 하나도 귀엽지 않고 상대의 마음을 차갑게 만들 뿐이다.

가만히 있어도 공짜로 얻어지는 건 나이밖에 없다 보니, 아무런 노력과 실패도 없이 나이 먹는 것에 성공하고 말았다. 지난 시절을 돌아보면 그래도 때에 맞춰 나름대로 애쓰며 살았다고 생각했는데, 손에 쥔 것이 아무것도 없다. 실수도 너그럽게 용서될만한 찬란한 시기를 헛되이 보내버린 게 아닌지 헛헛한 마음이 올라온다. 일도 사랑도 어느 것 하나 뚜렷한 성공을 내지 못했다는 사실에 조금 괴롭다. 남들은 멋진 커리어를 쌓고 결혼이나 출산을 이어가는 동안에 나는 대체 무엇을 했단 말인가.

불행의 시작은 남과 나를 비교하는 데 있다. 사실, 나는 남과 비교하지 않고 내 삶에 만족한다는 측면에서는 누구보다 특출난 사람이었다. 맛있는 점심 한 끼면 충분히 행복한 사람임에도 어쩔 수 없이 비교의 시간을 통과할 때가 있다. 대체로 길지 않아 다행이지만. 주어진 시간이 모두에게 공평한 것은 사실이지만 그렇다고 꽃 피는 시기가 다 같으리라는 법도 없다. 어떤 드라마에서 할머니가 손녀를 응원하며 건넨 말을 가끔 꺼내본다. 넌 코스모스라서 봄에 피지 않을 뿐, 찬찬히 기다리면 가을에 가장 예쁘게 필 거니까 너무 초조해 말라던 말이 참 좋았다.

마음이 궁핍할 때는 흔하디 흔한 말도 위로가 된다. 비록 지금은 빈손이지만, 가을에 피는 코스모스를 떠올리니 희망이 차올랐다. 최악의 경우 가을에 피지 못한대도 겨울에 피는 수선화가 되면 되잖아. 내일은 꽃시장에 가서 코스모스가 있는지 한번 봐야겠다. 화병에 꽂아두면 너도 곧 꽃이 필 거라고 말을 걸어줄 것만 같다. 코스모스가 없으면 수선화라도 사 와야지.

된장 탄 술을 받아마셨던
'나'는 이제 여기에 없다

잠이 오지 않는 밤에는 가만히 누워 끔벅끔벅하며 천장을 본다. 그러다 보면 마치 우주 한가운데에 버려진 기분이 들면서, 이따금 지난날의 내가 살며시 나타났다가 이내 또 연기처럼 사라지곤 한다. 멍하니 있다 보면 좋은 것보다 그립거나 아쉬운 기억들이 나를 더 사로잡는다. 한밤중에 악몽을 꾸고 일어났을 때와 조금은 비슷하려나. 간혹 등신 같았던 지난날이 천장에 슥~ 하고 나타나면 눈을 질끈 감고 싶게 끔찍하다. 악몽을 꾸고 나면 '아, 꿈이었구나' 하고 안도감이라도 느끼겠지만 나는 그렇지도 못하다.

한이 서려 이승을 떠나지 못하는 귀신처럼, 나의 등신 모멘트는 '아, 다행이다.' 대신에 '아 시바. 그때 왜 그랬지?' 같은 통한으로만 남아있다. 가끔은 울화통이 터져 침대에서 벌떡 일어나 허공에 하이킥을 해대면서 생각한다. '그때 진짜 왜 참았지?' 시간 여행이 가능해 진다면 나를 함부로 대한 인간들에게로 가서 죽빵이라 도 갈겨버리고 싶다.

절대적으로 불가능한 일을 꿈꾸다 보면 인간은 으레 불행해진다. 카르페 디엠, 괜히 현재를 살자고 열심히 외쳐대는 것이 아니다. 달리 방도가 없다. 더는 현재를 후회로 남기지 않도록 전투태세를 갖춘 채 매일 가드 올리고 집을 나서야지. 실수는 누구나 하는 법이지. 반 복되지만 않으면 되는 거야. 오늘도 어디 가서 처맞고 질질 짜지 않으려면 가드 올리고 지지 말자. 그렇게 사 사로운 생각을 그리다가 잠이 들곤 한다.

"과거의 순간으로 돌아갈 수 있다면 당신은 언제로 돌아가고 싶나요? 거기서 무얼 하고 싶나요?" 따위의 질문을 우리는 얼마나 자주 마주하는가. 불가능한 걸 알면서도 인간들은 가끔 꿈을 꾼다. 그때 이랬으면 어땠을까? 인생에서 가정법을 떠올리는 순간이 어디 하나뿐이랴. 현재가 마음에 들지 않을수록 자꾸 과거를 떠올리며 의미 없는 가정들을 세운다. 그리고 그럴 때면 빠지지 않고 떠오르는 기억 하나가 있다.

연말이 다가오면 빠질 수 없는 회식, 그것도 여러 팀이 함께 모여서 몇 배로 거지 같아진 전체 회식 날의 기억. 회사생활은 줄곧 어렵고 이해가 안 되는 일투성이였는데, 그날은 신박한 사건 하나가 더 보태진 날이었다. 가뜩이나 술을 못 마시는지라 회식 자리가 더욱 싫었다. 퇴근 후의 발걸음은 무지막지하게도 무거웠다. 시끌시끌한 고깃집 구석진 자리에 앉으니 혼잣말이 절로 나왔다. "하, 빨리 집에나 가고 싶다."

나도 모르게 나오는 한숨을 들키지 않으려 잠시 고개를 돌렸다가, 미모의 여인과 눈이 마주치고 만다. 어머나 세상에, 저렇게 예쁜 사람이? 그녀는 나를 보며 같이 한잔해야지, 뭐 하고 있냐며 다그치는 듯했다. 소주잔을 들고 맑고 해사하게 웃고 있던 그녀. 어디서 많이 본 것 같은 그녀는 벽면에 붙어있는 소주 광고 포스터의 주인공 '한가인'이었다. 그녀는 이내 표정을 바꾸어, 이렇게 말을 거는 듯했다. '혹시 내가 부럽니?'

어여쁜 '한가인'과 그저 '평범한 회사원 3'정도 밖에 안 되는 나. 우리 둘 사이에는 결코 넘을 수 없는 허들이 놓여있었다. 이럴 때 쓰는 말이 넘사벽인가. 한가인의 미모, 성공한 인생, 남편도 연정훈. 그에 반해 내가 가진 것은 너무나 초라했다. 미모도 없고 인생은 망했고 남편은커녕 남친도 없는 인생.

그 순간만큼은 그녀가 가진 많은 것들을 다 제치고, 이 회식 자리에 오지 않아도 된다는 사실 하나가 제일 부러웠다. 하필이면 소주 광고의 포스터가 딱 내 시야에 놓여있을 건 뭔가. 광고 포스터는 등지고 앉아도 됐잖아. 왜 하필 앉아도 그런 자리에…. 인생 엿같아. 되는 것도 없지.

멈춰 있는 그녀를 바라볼 때마다 내 처지는 더 초라해질 뿐이었다. "하, 한가인은 참 좋겠다. 한가인으로 태어나 넓고 좋은 집에서 연정훈이랑 알콩달콩 깨를 볶고 있겠지? 이런 회사에 다니면서 회식 자리에 올 필요도 없는 인생. 너무 부럽다." 같은 인간으로 태어났는데 우리의 처지가 이렇게나 다른 건 대체 무슨 연유일까. 아름답게 웃고 있는 한가인을 보면서 쓸쓸한 기분을 감출 수가 없었다.

마음 같아서는 '전 이만 가봐야 할 것 같아용~' 회식 자리를 박차고 확 나가버리고 싶었지만 어디 내가 그런 깜냥이 되는 인간인가. 그저 시간이 훌쩍 지나가 버리길 기도하며 쥐 죽은 듯이 앉아있었다. 시간이 흐를수록 분위기는 점점 더 떠들썩해졌다. 마음을 기댈 수 있는 팀원 몇 명과 속닥속닥하고 있는데, 옆 팀 부장이 휙 우리 테이블로 넘어왔다.

"여기 막내가 누군가?"

나다. 나를 찾고 있다. 갑자기 타 부서 부장은 굳이

안 해도 될 막내들의 축하 파티를 자처하고 있었다. 환영해주는 것은 감사한데, 아니 솔직히 말하면 그딴 걸 왜 하나 싶은데 그 방식이 후졌다는 게 더 문제였다. 맥주 글라스를 테이블에 탁 올려놓더니 콸콸콸 소주를 채운다. "자! 막내 사랑 한 번 보여줘~" 소주로 가득 채운 맥주잔을 바로 앞에 있는 직원에게 슥 밀더니 눈짓으로 가리킨다.

이쯤 되면 뭘 하라는 건지 알지 않냐는 그 눈빛. 애석하게도 우리 팀 직원들은 눈을 동그랗게 치켜뜰 뿐이었다. 혹시 막내를 사랑하는 만큼 이걸 들이키라는 것인지요? "거~ 사랑하는 만큼 맛있는 거 팍팍 넣어주라고~" 그러더니 테이블에 놓여 있는 음식들로 눈을 옮긴다.

이런 환영 인사는 구시대적인 드라마에서나 봤던 문화가 아닌가. 그때부터 내 심장은 벌떡벌떡 뛰기 시작했다. 저걸 나보고 진짜 마시라고 하진 않겠지? 그 짧은 시간에도 별의별 생각이 다 들었지만, 결코 장난 같지 않아서 더 심장이 뛰었다. 우리 팀 직원들은 눈빛 교환을 하면서 '진짜 이걸 해야 하는 건가?' 하라니까 하긴 하는데 그 와중에도 다들 어쩔 줄을 몰라 했다.

진짜 마셔야 하는 최악의 상황을 대비해서 오이, 부추, 마늘 같은 것들을 넣어주었다. 어쩐지 옆 팀 부장은 이 팀의 약소한 막내 사랑이 아쉬운 것 같았다. 그러다가 이내 우리 팀 황 과장의 큰 사랑에 얼굴이 확 폈다. 황 과장은 당시에도 팀에서 제일 싫은 사람 중 한 명이었는데, 그녀는 다른 팀원의 배려가 무색하게도 마지막에 된장을 한 스푼 퍼서 휘휘 저어주며 피날레를 장식했다.

지금 생각하니 조금은 우습기도 하지만, 나는 그날 집으로 돌아가는 지하철에서 조금은 울었다. 사회생활이 다 이런 건가, 가뜩이나 술도 못 마시는데 거기에 된장 탄 술까지 마셔야 한다니. 다들 이러면서 남의 돈을 버는 긴가. 어른이 되는 건 이렇게나 힘든 일인가? 집에 도착해서도 질질 짜다가 억울함이 극에 달해 별안간 출근 땡땡이를 예고했다. "나 내일 출근 확 안 해버릴래." 그렇게 말해놓고도 다음날 확 그런 짓거리를 저지르지도 못한 채 얌전히 출근했고, 된장을 넣었던 과장에게도 웃으며 인사했다. "좋은 아침입니다."

겨우 된장 술 하나에 이렇게까지 무너지는 나. "너는 이래서 이 험한 세상 어떻게 살려고 하냐?" 장난 반 진담 반으로 던지는 말을 나는 참 많이 들었다. 내가 나약하고 쉽게 부러지는 사람이라는 것도 사회생활을 하면서 처음 알게 됐다. 부모님의 따뜻한 그늘에서 세상의 민낯은 모른 채로 자랐기 때문이다. 그 축복이 진정한 현실과 맞닥뜨렸을 때 얼마나 큰 혼란을 주게 될지 예상조차 못 한 채로 그저 아름답게만. 현실의 매운맛은 예고 같은 것도 없이 내 뺨을 후려갈겼고, 어떤 게 진짜 세상인지 갈피를 잡느라 아주 혼란스러웠다.

고작 이런 일 하나도 쿨하게 넘기지 못해서 두고두고 품고 있는 나란 인간. 이런 일 몇 개만 더 만들었다가는 도저히 억울해서 살 수가 없을 것 같은 나란 인간. 잠이 오지 않는 밤에는 좋은 기억을 가득 띄운 채 미소를 지으며 잠드는 사람이 되고 싶었다. 그런 마음으로 시작했다. 달라지고 싶다는 생각을. 자고로 변화를 꿈꾸는 사람은 현재의 모습이 마음에 들지 않기 때문일 것이다. 지금이 너무 좋은 사람에게는 변화만큼 세상 쓸데없는 것이 또 없을 테니.

이따금 벽에 붙어있던 포스터 속 한가인이 나를 찾아오곤 한다. 여전히 미모 없고 성공 못 했고 남친 없고, 더 나아진 것이라곤 눈곱만큼도 없는 똑같은 처지다. 그래도 된장 술쯤은 안 마신다고 말할 수 있게 됐고, 그래서 고작 된장 술 같은 걸로 우는 일 따위는 안 만들 수 있을 만큼은, 최소한 그만큼은 나아졌다.

건강한 마음

대학교 1학년 때 가입한 연합동아리에서 여름 방학 행사를 앞두고 선배들을 초대했다. 그동안 후배들이 잘 준비했는지 한번 봐주십사 하고 초대하는 자리였다. 우리보다 4기수 위였던 한 선배가 갑자기 술을 마시다가 큰 소리로 외쳤다. "안.녕!! 안.녕!!!! 안.녕.하.십.니.꽈!!! 민조옥 고오대!!" 당시에 연고대생이 있는 술자리에서 자주 볼 수 있는 광경이었다.

말하자면 조금은 시끄럽고 나대는 자기소개라고 할 수 있겠다. 연세대에 무척이나 가고 싶었지만 입성하지 못했던 자로서, 그들이 FM 구호를 외쳐가며 자기소개를 할 때 괜스레 부러운 마음이 들었다.

막상 소리치며 자기소개할 자신은 없었지만 당당하게 외치는 그들을 보면 명문대생의 특권처럼 보여 마냥 부러웠던 게 사실이다. 그날도 속으로 생각했다. '아 부럽다. 나도 연고대 학생이고 싶었는데.' 그런데 무척이나 부러운 마음을 품던 그 순간, 같은 기수의 친구 A는 이런 말을 했다. "어휴, 나이 먹고 뭐 하는 짓이야~ 신입생도 아니면서 저런 걸 한다고?" 그 말을 들으니 흠칫 마음을 들킬세라 심장이 뛰었고 이를 후다닥 숨기느라 바빴다.

나는 이런 일을 종종 겪었다. 내 생각과 다른 의견이 던져지면 내 감정을 화다닥 숨겨버리는 일 말이다. 무슨 큰일이기도 난 것처럼 '휴, 속마음을 말 안 하길 다행이야. 내가 먼저 부럽다고 말했으면 어쩔 뻔했어.'

안도감을 느끼면서 더 꽁꽁 숨기곤 했다. 시간이 한참 지난 지금 시점에서 바라보니 A의 말은 오히려 무례하고 오만했다. 감히 추측하건대 연고대생이 되지 못한 열등감이 무례한 발언으로 이어진 것일지도 모르겠다.

그 선배 역시 신입생도 아닌 자신이 술자리에서 FM을 외치는 상황이 달갑지 않았을지 모른다. 분위기를 맞추기 위해 억지로 했을지도 모르고, 설령 원해서 자신 있게 했다고 한들 그게 나이 먹고 왜 저런 짓을 하냐고 욕먹을 행동도 아니지 않은가. 아마 지금의 내가 당시와 똑같은 상황에 놓이게 된다면 "왜에~ 나는 너무 부러운데. 나도 연대생 돼서 FM 하고 싶다." 이렇게 말할 자신이 있다. 속마음을 꽁꽁 숨기는 것은 미덕도 아니고 어떤 부귀영화를 가져다주지도 않기 때문이다.

누구나 잘난 상대를 향한 질투를 느껴본 적이 있을 것이다. 나 역시 나보다 많이 가지고 나보다 훨씬 예쁜 사람들을 볼 때마다 부러운 마음이 불쑥 튀어나온다. 가진 것에 집중하고 감사하다고 여기는 것과는 별개로 그런 마음은 불시에 찾아온다. 많이 가진 자를 마음껏 부러워하는 게 무슨 문제겠는가. 이런 마음을 들키지 않으려고 열심히 숨겨왔다는 게 문제라면 문제일 것이다.

"나는 당신이 너무 부러워요!!" 속 시원하게 뱉어내면 순수하게 '부러움'으로 끝나지만, 마음을 감추다 보면 자꾸 변질된다. 어느 때는 "부럽긴 뭐가 부러워. 쟤는 다 가짜야."라고 상대를 깎아내리기도 하고 "알고 보면 쟤가 더 불행할지도 몰라."라면서 자기 합리화로 마무리된다. 어느 쪽이든 못나고 위험한 변질이다.

부러움을 열등감으로 바꿔 나를 갉아먹지 않으려면 무엇보다 솔직한 것이 중요하다. 괜히 아닌 척하려고 나를 속이다 보면 열등감으로 이어지기 마련이니까. 못난 사람이 되고 싶지 않다.

물론 장기하처럼 한 개도 안 부러우니까 자랑하고 싶은 거 있음 얼마든지 하라고 랩을 하는 태평한 인간이

될 수는 없을 것 같다. 득도하지 못할 것이라면 마음껏
부러워하며 숨기지 않고 살 수밖에. 달리 방도가 없다.
많이 가진 사람을 그대로 인정하고 마음껏 부러워할 수
있는 건강한 마음을 지니고 싶다.

환불받고 싶은 게
죄는 아니잖아!!

얼마 전 플로리스트 자격증반 수업을 환불한 일이 있었다. 총 8회차로 구성된 수업인데, 2회 차 오전 수업이 끝난 후 강사님에게 그만두겠다고 했다. 국비지원 과정이라 지원 금액 차감이라는 페널티가 있었음에도 도저히 다닐 수 없다고 판단했기 때문이다. 포기 사유는 결코 한 가지가 아니었다. 첫 수업을 진행한 강사의 지식 부족이 첫 번째 이유다. 수강생 한 명이 책상에 둔 실제 시험지를 보더니 강사는 매우 신기해했다.

자격증 수업을 진행하는데 시험지를 처음 보는 강사라니. 자질을 의심하지 않을 수 없었다. 시험지는 이미 공개 문제로 전환되어 인터넷 검색만 해도 쉽게 찾을 수 있는데 말이다. 덧붙여 시험 응시에 필요한 준비물조차 제대로 숙지하지 못하고 있었다.

그 외에도 이전 수업에서 만든 작품이 고스란히 남겨져 있는 강의실 상태, 수업 중에 주문 고객이 방문하여 강사가 고객을 응대하느라 수업이 끊기는 상황, 강의실 뒷문으로 수업 중에도 제삼자가 들락날락거리는 산만한 환경은 페널티를 감수하더라도 포기하기 충분한 사유였다. 형편없는 수업을 참고 견디는 것보다는 일정 금액의 패널티를 받는 게 더 나은 선택이라고 믿었기 때문이다.

문제는 환불받는 과정에서 나를 대하는 원장의 태도가 부적절했다는 데 있었다. 2회 차 오후 수업에 쓰일 재료를 껴안고 집으로 돌아가는 길, 한 통의 전화를 받았다. 첫 수업 오리엔테이션에서 들었던 원장의 목소리라는 건 금방 알 수 있었다. 외부에 있던 원장은 이제 막 강사를 통해 상황을 전달받고 다급하게 전화를 한 모양이다. 받자마자 화난 목소리가 느껴졌다. 다짜고짜 재료를 들고 강의실을 이탈하는 건 어디서 배운 예의냐고 나를 나무랐다.

연이어 나의 무례함을 꼬집고 2회차에 그만두는 걸 보니 신중하지 못하며 불성실하다고 태도를 지적했다. 문제없을 사람으로 고르고 골라서 뽑았는데, 갑자기 문제를 만들었다고도 했다. 이런 식으로 그만두면 받아주는 학원이 없을지도 모른다고 충고했고, 앞으로는 모든 결정에 더욱 신중해지라고 당부하며 조언도 아끼지 않았다. 맞받아칠 겨를도 없이 퍼부어 대는 통에 길 한복판에서 그대로 굳어버렸다.

갑자기 머리통을 한 대 맞은 사람처럼 멍해져서 곧바로 가던 길을 되돌아가 꽃 재료를 반납했다. 다시 집으로 걸어가는데 닌데없이 불쾌함이 훅 올라왔다. 조금 전 받은 질타가 과연 타당한지를 고심하기 시작한 것이다. 이게 그렇게까지 혼날 일인가? 아무리 곱씹어봐도 당최 나의 잘못을 모르겠어서 두 주먹이 불끈 쥐어졌다. 불시에 당해버렸다. 기꺼이 원장의 화풀이 상대가 되어준 꼴이다.

나의 문제는 항상 이런 식이다. '젠장, 이건 아니잖아?' 꼭 한발 늦게 상황 파악이 되고 만다. 갑작스러운 공격에도 잘 받아치는 고수의 영역은, 내가 감히 넘볼 수 없는 것일까. 나의 분노는 늘 이렇게 타이밍이 어긋나서 화낼 기회도 얻지 못한 채 끝이 나버린다. 이번에도 '또' 그랬다. 정신을 좀 차렸더니 척척 받아칠 만한 말들이 그제서는 잘도 떠올랐다. 그러나 이미 타이밍은 지나갔다. 다시 전화를 걸어 요목조목 따지자니 구차해질 뿐이다.

화가 살짝 가라앉고 나니 조금 이상했다. 예전 같았으면 분명 '너무 예의가 없었나?', '변덕이 심한가?', '지루해도 좀 참으면서 수업을 들었어야 했는데 왜 이렇게 끈기가 없을까?' 등등 비관의 늪에 빠져들어서 든지도 않은 말까지 만들어가며 나를 몰아세우고 질타했을 것이다. '내 멋대로 결정했더니 상대가 몹시 화났잖아! 다음부터는 더 신중해지자.' 전처럼 쭈그러들지 않고 화가 난 내가 낯설었지만, 이내 다행이라 여겼다.

주말 내내 화를 덮지 못한 나는 결국 마음을 먹었다. 받은 만큼 상대에게 돌려주고 싶다는 유치한 결심을 한 것이다. 똑같이 되돌려 주려면 한 푼이라도 손해 보지 않고 돈을 받아내면 될 것 같았다. 싸우는 게 두려워서 받을 돈도 못 받고 도망치던 나를 또 소환하고 싶지 않았다. 그 어느 옛날에는 머리를 다 태워버린 파마를 마치고도 한마디를 못 한 채 제값을 주고 조용히 미용실을 빠져나왔던 나다.

예상했던 대로 환불 과정은 손이 떨릴 만큼 어려운 싸움이었지만, 5만 원을 환불해 준다던 학원을 상대로 결국 19만 원을 받아냈다. 반납했던 꽃 재료비까지 더한 값이다. 학원법에 의거한 환불이었고 결정적으로는 교육청의 도움이 컸다.

누가 이기고 누가 지느냐를 따지는 건 다소 유치하지만, 이번만큼은 조금 따지고 싶었다. 환불을 받고 학원을 빠져나오는데 원장은 마지막까지도 덕담을 아끼지 않았다. "유튜브 보고 연습해서 꼭 붙으세요~!" 나는 어쩐지 19만 원어치의 주저함은 덜어낸 것 같았다.

거절 못 해서
사이즈업 커피를
사는 사람이 있다?

몸이 녹아내릴 것처럼 무더웠던 날, 아이스커피를 벌컥 벌컥 들이켜고 싶어 동네 카페를 찾았다. 들어서자마자 아이스 아메리카노 한 잔을 주문했다. 그때 옆에 있던 손님이 대뜸 말한다. "여기 천 원만 더 내면 사이즈업이 돼요." 좋은 권유였다. 다만 이미 알고 있는 정보였고, 원하지 않았다는 게 문제다. 주문 데스크에도 사이즈업 정보는 큼지막하게 붙어있었다. 평소 라떼를 좋아해서 아메리카노는 잘 마시지도 않거니와 사이즈업도 필요 없어서 무시했을 뿐이다.

그런데 바로 옆에서 하는 제안에는 단호한 거절이 어려웠다. 우물쭈물하다 타이밍을 놓치고 "아 그래요?"라고 답하며 머뭇거렸다. 대체로 나의 거절은 단호함보다는 헤헤거리며 어물쩍 넘기는 스타일의 거절이다. 내 표정이 진지한 고민으로 읽혔는지 직원은 곧바로 사이즈업과 기본 컵의 크기를 비교해서 보여주었다.

이때 또 한 번 "그냥 원래 사이즈로 주세요."라고 치고 나가질 못했다. 아무래도 사이즈업을 원하는 것처럼 보였는지 "그럼 사이즈업 해드릴게요!" 하면서 정리가 됐다. 얼떨결에 "아, 아. 네." 하면서 한 사이즈 큰 커피를 받았다.

길을 건너면서 커피를 이리 한 번 저리 한 번 들어보는데 아무리 봐도 좀 컸다. 다 마시긴 힘들겠다 싶었는데, 예상대로 커피는 남았다. 남겨진 커피를 쳐다보면서 가만히 생각했다. 나는 혹시 바보인가? 인생을 통틀어 되짚어 보면 비슷한 경험이 숱하게 많았다. 그러니 '좋다, 싫다'를 명확하게 말하는 사람이 되겠다고 다짐까지 한 거 아니겠는가. 그 다짐을 지키고자 노력했는데 밥 먹듯 실패하면 어쩌란 말인가.

　나도 다 알고 있다. 사이즈업을 제안한 손님은 내가 거절했더라도 전혀 개의치 않았을 거다. 심지어 꼭 큰 커피를 사라고 강요한 것도 아니다. 좋은 마음으로 제안했을 텐데 단호하게 거절해서 상대가 무안하면 어떡하나, 괜히 혼자서 그런 생각을 하는 게 문제다.

　커피 한잔에 고작 천 원을 더 쓴 것이 아까워서 울적한 건 아니다. 좋은 것을 좋다고, 싫은 것은 싫다고 말하는 데도 온 힘을 다해야 하는 사람이 나라는 것이 조금 버거워서 그런 것뿐이다. 매사에 솔직하기에는 아직 용기가 부족한 것 같아서 살짝 못마땅한 기분이 들 뿐이다.

반복된 실패에도
태연하게

예쁜 풍경을 두고 그냥 지나치기란 얼마나 아쉬운지. 내 마음을 읽었는지 친구가 사진을 찍고 갈까 묻는다. 서로가 휴대폰을 건네주며 인생 샷에 열심인 국민답게 수십 장의 사진을 금세 찍어냈다. 한 컷 한 컷 찍을 때마다 요란하게 소리가 나던 친구의 것과는 달리 내 휴대폰은 아무런 소리도 나지 않는다. 지금 찍히고 있는 거냐고 친구는 갸우뚱한다.

내 카메라는 무음이라고 하니 신문물을 본 사람처럼 "어머머, 그거 어떻게 했어?" 눈을 동그랗게 뜬다. 당장 비결을 알려주면 자기도 무음으로 바꿔야겠다는 비장한 표정이다. "비결은 무지 간단한데... 그건 말이야... 바로 해외 직구하면 돼." 놀라서 동그랗던 눈이 갑자기 세모로 변했다. 겨우 카메라 소리 때문에 해외직구까지 하냐는 눈빛이다. 왜 그렇게 유난이냐고 묻고 싶었을 거다. 나도 이런 쪽에 매우 예민하고 유난스럽다는 걸 알고 있다. 동시에 그 예민함은 내가 꼭 고쳐내고 싶은 태도이기도 하다.

어떤 절실함은 수고롭고 지난한 일을 기어이 하게 만든다. 해외직구를 감행할 만큼 무음 카메라가 절실했다. 선뜻 보여주기 부끄러운 내 모습을 들키는 게 무척 두려운 사람이어서 그렇다. 거리를 걷다 갑자기 셀카를 찍고 싶어진다거나 발레학원의 전신 거울에 비친 나를 예쁜척하며 담아내고 싶은 순간들 말이다. '찰칵' 소리를 내면서 뻔뻔하게 사진을 찍기에는 자아가 너무 작은 인간이다. 아무도 관심 없다는 걸 알고 있음에도 저절로 작아지고 만다.

　내가 사랑하지 못하는 이런 면모를 고쳐보겠다고 나는 자주 다짐했고 간간이 해내곤 했다. 하지만 아무리 열심히 노력해도 자꾸자꾸 원래의 나로 돌아왔다. 기분이 나쁘면 꼭 곧바로 말해야겠다고 새해 다짐까지 세웠지만 또 어리둥절하다가 타이밍을 놓치고 웃어주는 바보 같은 나로. 하고 싶은 건 망설이지 말자고 마음먹었지만, 괜히 주저하다가 또 못해버리는 나로. "남의 눈치는 그만 보고 살라구!" 스스로 다그쳐도 잘 안됐다. 마음을 북돋는 것과 실제로 해내는 것 사이에는 엄청난 간극이 존재한다.

　그렇게 실패한 날에는 또 풀이 죽었다. 어제는 잘 됐는데, 오늘은 또 왜 이렇게 멍청해졌지. 그렇게 달라지고 싶다면서도 해내지 못하는 나를 질책하기도 했다. 도무지 나도 나를 이해하지 못하다가 깨달았다. 하루아침에, 혹은 겨우 몇 달 만에 나를 바꿀 수 없다는걸. 한 달 영어 공부해서는 네이티브가 될 수 없고, 일주일 운동해서는 근육이 생기지 않는 것처럼 말이다.

원하는 걸 얻기 위해 숙련이 필요한 것은 비단 운동, 다이어트, 영어 공부 같은 것에만 해당하는 게 아니다. 삶을 대하는 자세, 사람을 대하는 태도 같은 것들. 얼핏 보면 타고난 기질이라 노력의 영역이라고는 생각하기 어려운 것들도 숙련이 필요하다는 걸 알았다. 그렇기 때문에 하루에 해낼 수 있는 한계치가 존재한다는 것도.

그 사실을 깨닫고 나니 어제는 잘 거절해 놓고 왜 오늘은 못 했는지 알게 되어 마음이 편안했다. 일주일 중에 하루 정도 영어 공부에 실패한 것과 다르지 않았던 거다. 다이어트에 성공하려면 오늘 망했어도 내일부터 다시 시작하는 자세가 필요하댔다. 마치 다이어트에 임하듯, 너무 욕심내지 않고 차근차근 달라져 보기로 했다. 자꾸자꾸 반복되는 실패에는 애써 태연해하면서.

욕망까지 부끄럼 탈
필요는 없잖아

예능 프로그램 〈무릎팍도사〉를 꽤 즐겨봤었다. 도사 분
장을 한 강호동이 고민을 들고 온 의뢰인과 상담을 거
쳐 마지막에는 처방을 내려주는 콘셉트였는데, 거의 매
주 챙겨보다시피 했고 좋아하는 연예인이 나오는 회차
는 더 집중해서 봤다. 당시 가장 좋아하던 연예인은 가
수 성시경이었다. 그가 입대를 앞두고 나온 회차에서도
제대 후 다시 찾은 방송에서도 쏟아내는 말들이 하나같
이 주옥같았다.

소녀팬의 마음으로 '그래그래. 우리 오빠 말이 다 맞지.' 끄덕끄덕하며 봐서 그런지 여전히 그의 말들이 다 기억나는 지경에 이르렀다. 성시경은 다방면에 자기 소신을 밝혔는데, 그날 특별히 더 꺼내고 싶은 주제는 겸손이라고 했다. 들고나온 고민만큼 화끈했던 발언이 기억난다.

"겸손 안 하면 안 되나요?", "겸손은 미덕이지 의무가 아니다."

그는 이 발언이 논란의 중심에 있는 평론가의 것이고, 해당 발언으로 평론가가 질타 받았다는 사실을 짚으면서 말을 꺼냈다. 논란이 될 만한 언사임을 인정하지만, 동시에 그 말에 동의한다고 소신을 밝혔다.

맞지, 맞지. 겸손 안 하고 잘난 척 좀 하면 안 될 것도 없지. 벼는 익을수록 고개를 숙인다는 말을 숱하게 들어왔고 나를 조금 낮추는 자세가 미덕이라고 배웠다. 상황에 따라 그럴 필요도 분명히 있겠지만 안 그래도 되는 거였다.

열심히 노력해서 잘 된 게 있다면 "운이 좋았어요."라며 겸손해도 좋지만, "열심히 해서 잘 되니까 기분이 좋다."라고 말하는 사람을 재수 없다고 미워할 필요도 없는 것 아닌가. 겸손하면 아름답지만, 겸손 안 한다고 해서 미움받을 건 아니라는 말이다.

언제나 겸손해야 한다는 미덕은 나에게는 조기교육이 참 잘 된 항목이다. 다만, 안타깝게도 잘못 교육되어 자신감 결여로 이어지고 말았다. 이를테면 상대방의 진심 어린 칭찬에도 "아니에요, 뭘." 하고 겸손을 떨다 보니 정말 잘한 것이 있어도 "내가 잘하긴, 뭘." 하며 나를 평가절하하게 된 것이다.

단지 운과 우연으로 치부하다 보니 노력한 시간 혹은 내가 가졌을지도 모를 재능은 늘 논외였다. 근거 없는 자신감도 위험하지만 가끔은 패기 넘치는 자신감이 필요한 순간도 분명히 있다. 겸손을 떨다 보니 어느새 욕망 앞에서도 부끄럼쟁이가 됐다. 잠재력이 있을지도 모르는데 가능성을 의심했고 꿈을 입 밖으로 내는 순간 사람들이 비웃지는 않을지 걱정도 했다. 스스로는 할 수 있다고 믿어야 뭐라도 될 텐데, 이미 시작부터 틀렸다.

　나는 어느 순간 '돈을 많이 벌고 싶어', '인생 날로 먹고 싶다'라고 솔직하게 털어놓는 이들을 좋아하게 됐다. 언뜻 들으면 너무 노골적이라 얌체 같은 발언임에도 당당한 게 좋아서다. 욕망을 훤히 밝히는 사람에 대한 사회의 거부감이 학습되어 한때는 삐딱한 시선으로 보기도 했지만, 지금은 아니다. 그 시선이 두려워서 정말로 갖고 싶은 것이 있어도 항상 겸손을 떨고 아닌 척했지만, 솔직히 말하면 내가 원하는 것은 늘 명확했다.

　남이 뭐라든 나라도 나를 믿어주고 나라도 나를 응원해 주면 좋겠다는 생각으로 부끄럼 타는 욕망을 계속 꺼내 보기로 한다. 내가 잘할 수 있는 것을 두고 "아니에요. 잘 못해요."라는 말은 조금씩 거둬내기로 한다.

내가 제일 잘 먹고
잘살고 싶다

엊그제 쓰레기봉투가 필요해서 집 앞 마트에 갔다. 문 앞까지 배달해주는 마켓컬리나 B마트를 이용하다 보니, 마트에 직접 가는 일은 가물에 콩 나듯 했다. 배달이 되는 마켓에서는 종량제봉투를 판매하지 않아서 선택권이 없었다. 철저하게 필요에 의한 방문이었다. 지하 1층으로 들어선 순간 서늘한 공기가 감돌았고 마트에 가까워질수록 그 느낌은 짙어졌다. 문을 열고 들어가자 넓디넓은 공간이 휑하니 비어 있는 것이 보였다. "이제 장사 안 해요~" 며칠 전에 폐업했다고 한다. 5년이 넘도록 한결같이 그 자리를 지키고 있던 마트였다. 늘 그 자리에 있을 줄로만 알았어서 조금 놀랐다.

내가 편한 방식으로 장을 본다면 다른 주민들도 그럴 가능성이 높을 테고 아무래도 드문드문 방문하는 손님들로 인해 매출이 확 줄어들 수밖에 없었나 보다. 허탕을 쳤다는 허무함이 밀려왔고, 불과 얼마 전까지도 문닫을 기미는 조금도 없었던지라 당황함이 겹쳤다. 폐업 소식에 안타까운 탄식이 나오다가 그동안 쌓았던 적립 포인트가 번뜩 떠올랐다.

차곡차곡 야무지게 모아놓은 포인트가 꽤 있었을 텐데. 이래서 뭐든 아끼면 안 되고 그때그때 써줘야 하는 건데 무척 아쉬웠다. 기껏 해봐야 만 원 남짓한 포인트를 먼저 떠올리는 내가 치사해서 기가 막힌다. 누군가는 운영하던 가게가 망해서 절망에 빠졌을지도 모르는데, 고작 만 원을 아까워하는 내가 우습기도 하다.

인간이 얼마나 지독하게 이기적이고 자기밖에 모르

는 종족인지에 관해서 자주 생각한다. 누구나 자기가 잘되는 것을 중요시하지 과연 나보다 남이 더 잘되기를 바라는 사람이 존재할까에 관한 생각도. 어쩌면 내가 뼛속까지 이타적인 인간이 아니기 때문에 그럴 것이다. 타인을 바라볼 때도 결국엔 나의 세계를 투영하는 게 인간이니까. 인간사에 타인을 향한 100% 순도의 완벽한 선의가 있을지 모르겠다. 그런 게 있다고 믿었던 시절도 분명히 있었다. 철석같이 믿어서 그랬는지 자기만 아는 사람들의 민낯을 목격할 때마다 힘이 빠졌다.

그래서인지 언제부턴가 위선이 못 견디게 싫다. 예를 들면 "이게 다 너 걱정돼서 하는 말인데…"로 시작하는 조언 같은 것들. 남을 위하는 척하지만, 알고 보면 순전히 우월감을 느끼고 싶어서 상처 되는 말을 아무렇지 않게 던지는 사람이 싫다.

오랜 취준생 시절을 거치다가 교수님의 소개로 작은 회사에 입사하기로 한 친구가 있었다. 그 친구를 앞에 두고 대기업의 복지가 얼마나 좋은 줄 아냐는 둥, 남들이 다 열심히 해서 대기업에 가는 이유가 있다는 둥 하며 어리석은 선택을 꼬집고 생각을 바꾸라던 A가 떠오른다. A가 상대를 걱정하는 마음에 대기업 운운한 것이 아니었다는 것쯤은 그때도 지금도 확신할 수 있다. 정말 걱정이 되었다면 절대 그런 식으로 말할 수는 없었을 테니 말이다. 차라리 "그래도 나는 좋은 회사 취업해서 너무 다행이다." 이렇게 말하는 인간이 더 낫다.

불과 얼마 전까지는 내가 배려심 깊고 어질고 착한 인간이라고 착각했다. 더 정확하게는 '착한 사람'이라는 가면을 쓰고 살았다. 타인이 말하는 '좋은 사람'이라는 평가에 민감했던 것인지도 모르겠다. 시커먼 속마음을 숨기고 연기를 하려다 보니 괴로웠던 것인지 '왜 맨날 나만 참아주지?'라는 불만이 삐죽삐죽 올라왔다.

선한 행동을 하면서도 왜 불행할까. 오랜 시간 그 답을 찾지 못했는데 그게 다 '착한 인간'이란 가면 때문인 것 같다. 손해 보는 상황은 누구보다 싫은 그저 이기적인 인간이면서, 착한 인간의 탈을 쓰고 배려를 일삼았

으니 행복할 리가 없었다. 너무 늦게 깨달았다. 나를 첫
번째로 두자고 결심한 기점부터 마음이 한결 편안하다.
더 이상 좋은 사람이라는 칭찬에 목마르지도 않다.

　모두가 잘산다면 더할 나위 없이 좋겠지만, 그런 건
동화 속에나 있다. 내가 잘 사는 세상을 더 바란다. 나
의 안위, 우리 가족의 행복과 건강을 최우선으로 빈다.
내가 가진 이타심의 한계일 것이다. "나보다 네가 더 잘
되면 좋겠어." 같은 위선적인 멘트도 하지 않으려 한다.
착한 인간이 아니라는 걸 인정하는 게 좋겠다. 내 그릇
이 겨우 요만큼이라는 사실을 더는 비겁하게 부인하고
싶지 않을 뿐이다. 다소 이기적일지라도 마음만은 한껏
자유롭다.

버스 타려고 뛰다가
우아한 어른에 관해 생각했다

웬만해선 뛰지 않는 나도 전력 질주를 해야 할 때가 있다. 그건 바로 출근길 버스를 놓치지 않으려는 순간이다. '놓치면 다음 거 타지, 뭐.' 이런 여유는 아침 출근길에 있을 수 없다. 저걸 못 타면 100% 지각일 때는 아무리 숨이 차는 게 싫어도 달릴 수밖에 없다. 죽기 살기로 뛰어서 겨우겨우 탈 수 있을 줄 알았는데, 버스는 눈앞에서 쌩~하고 지나간다. 분명 내가 뛰어오는 걸 기사님도 확실히 봤고 0.5초만 있으면 충분히 타고도 남을 상황임에도 슝~ 지나가 버릴 때 속에서 무언가 뜨거운 게 훅 올라온다.

그깟 버스 한 번 타보겠다고 전력 질주해야만 하는 처지가 갑자기 확 초라해지고 만다. 아침부터 얼굴에 찬물을 확 끼얹는 것 같달까. 서울 시내를 누비며 버스를 탈 때면 간혹 '저 기사님 혹시 일부러 그러는 걸까?' 하는 생각이 들 때가 있다. 출근길에 열심히 뛰었음에도 문이 열리지 않는 것과 비슷한 일은 드물게 다른 사람에게도 일어난다.

자매품으로는 삼삼오오 줄을 지어 서 있는 승객들을 지나쳐 한참 앞에 정차하는 상황이 있겠다. 기사님은 창밖으로 기다리는 승객 무리가 보일 텐데도 그보다 한참 더 앞으로 가서 버스를 세운다. 기다리던 사람들은 어쩔 수 없이 쪼르르 버스를 향해 뛰기 시작한다. "거 좀, 기다리는 데서 사람 좀 태워 주지."라는 소리가 새어 나온다. 안 뛰면 다음 버스 타야 하는 나만 손해니까 별수 없이 뛰면서도 약이 오를 때가 있다.

은근히 약 오르는 순간을 때때로 마주한다. 상대가 눈앞에서 쌍욕을 하는 식의 무례는 의외로 드물다.

내가 겪은 기분이 상하는 상황은 주로 대놓고 따지기에는 애매한 것일 때가 많았다. 은은하게 기분이 나빠서 상황을 되짚어 보면 아무래도 일부러 그런 것 같아서 찝찝한 순간들. 나는 이것을 '권력남용'보다 더 적확한 표현으로는 설명하지 못하겠다. 권력은 정치인, 대통령 쯤 되어야 가지는 힘이라 생각했지만, 알고 보면 일상에 널려있어서 어디에서든 찾을 수가 있다.

식탁 위에도 권력은 올려져 있다. 반찬이 맛없어서 밥을 안 먹겠다고 투정 부릴 수 있는 객기. 엄마가 나를 사랑하기 때문에 언제든 더 맛있는 음식을 준비해 줄 거라 믿고 부려대는 투정은 그 자체로 권력남용이다. 다들 편하게 먹고 싶은 것을 시키라면서 "나는 짜장면"이라는 부장님의 메뉴 선택은 또 어떤가. 자기를 좋아해 주는 친구에게 무리한 부탁을 서슴없이 하는 경우도 심심치 않게 볼 수 있다.

어느 닐 TV에 나오는 정치인의 몰상식한 언사와 태도를 보고 쯧쯧 혀를 차며 "저 인간들은 왜 저렇게 된 걸까?" 혼잣말 비슷하게 중얼거렸을 때, 옆에 있던 동생이 말했다. "우리도 저 자리에 가면 저렇게 될 수도 있을걸?" 얘가 무슨 재수 없는 소리를 다 하나 싶어서, 난 저 자리에 앉혀놔도 절대 저렇게 되지 않을 자신이 있으니 저런 인간들과 동급으로 취급하지 말아 달라며 손사래를 쳤다. 그런데 생각해보니, 인간은 모든 면에서 크게 다르지 않다고 믿는 나의 소신과는 어긋나는 대답이다. 결국 인간의 본질이 비슷하다는 내 생각이 타당해지려면 저런 정치인과 내가 크게 다르지 않아야 맞다.

혀를 끌끌 차며 바라본 인간과 내가 완전하게 다르지 않다는 가정은 그 자체로 공포였다. 인생에 '절대'란 것은 없다고 믿기 때문에 더욱 그랬다. 아직 겪어보지 않아 속단하는 것일 뿐, 혹시나 힘을 쥐게 되면 그게 내 것인 줄 알고 휘두르는 인간으로 변질하면 어떡하나.

물론 아무도 시켜주지 않겠지만 내가 정치인이 되고 힘을 얻게 된다면, 처음에는 그러지 않다가도, 주변의 대우에 익숙해지면서 이를 당연하다고 여기는 사람이 될까 봐 무서웠다. 품격을 잃는다는 것은 바로 그런 게 아닐까 싶다. 권력을 쥐는 쪽이 되었을 때 상대를 대하는 모습이 바로 인격이고 품격이다. 어떤 형태로든 내가 우위에 있다는 것을 인지하고도 상대에게 함부로 하지 않는 마음. 나는 그런 귀한 마음을 가지고 싶다.

"호이가 계속되면 둘리인 줄 안다"라는 유행어까지 만든 영화의 명대사가 있다. 호의가 계속되면 그걸 권리인 줄 아는 인간에게 날리는 일침 같은 대사였다. 인간은 망각의 동물인지라 자꾸 자꾸 각성하지 않으면 까먹는다. 나는 정치인이 아니기에 현실의 나를 비롯해 주변의 환경과 사람들 사이에서 일어날 수 있는 힘의 움직임을 떠올렸다.

어떤 형태가 되었든 내가 받는 것들에 대해 꾸준히 생각할 것이다. 자칫 잘못해서 나도 모르는 사이에 힘을 함부로 쓰는 순간이 오지 않는지. 기분이 좋지 않을 때 나를 좋아해 주는 사람들을 만만히 여겨 짜증을 내

고 있지는 않은지. 무뎌지지 않게 열심히 성찰하고 싶
다. 이것은 순전히 우아한 어른으로 남고 싶은 내 욕심
때문이다.

나는 오늘부터
탈옥범으로 살고자 한다

대학교 1학년 때였다. 입학하고 나니 학생회비를 내야 한다고 연락을 받았다. 금액은 10만 원, 미납부 시 학생회에서 주관하는 행사에 참여하기 어렵고 사물함 신청도 안 된단다. 기숙사에 살고 있었으니 사물함은 필요도 없었고 애초에 행사 같은 걸 좋아하는 체질도 아니다. 나는 그 10만 원을 내봐야 기부밖에 안 될 게 뻔했지만 끈질긴 독촉과 주변 분위기 때문에 눈물을 머금고 아까운 10만 원을 갖다 바쳤다.

입학 한 달쯤이 지나고 친해진 동기에게 놀라운 소식을 들었다. 끝까지 학생회비를 안 낸 5명의 신입생 중 한 명이 바로 자기라는 거다. 그 소식을 전하면서도 약간 화를 머금고 있었다. 10만 원을 내지 않고도 아무런 죄책감이 없었으며 오히려 아까운 그 돈을 왜 내야 하는지 학생회의 독촉에 어이가 없었다고 했다. 그때만 해도 친구가 정말 용기 있고 멋진 여성이라고 감탄했지만 한편으로는 걱정도 했다. 첫 학기부터 문제아로 찍혔다가 학교생활이 힘들어지면 어쩌나 싶어서다. 물론 쓸데없는 걱정이었다. 그녀는 졸업할 때까지 별다른 어려움 없이 학교생활을 잘 해냈다.

역시 대학교 1학년 때의 일화다. 대학 생활의 꽃이라는 동아리 활동 로망을 실현하고자, 차고 넘치는 선택지 중에 한일 연합 동아리에 가입했다. 격년으로 한국과 일본에 오가며 양국 대학생의 교류를 목적으로 하는 동아리였다. 제2외국어가 일본어였다는 단순한 이유로 그곳을 선택했다. 여름방학 때 일본 친구들을 초대하려면 여러 가지 준비가 필요했다. 그중에 하나는 '문화교

류'였는데 알아듣기 쉽게 설명하면 장기 자랑 같은 거다. 문화교류 기획을 맡았던 같은 기수의 친구는 다소 엄격했다. 연습 시간을 정해서 통보하고 지각하거나 불참할 경우에는 벌금을 매겼다.

나는 재벌 집 막내딸 수준으로 벌금을 제일 많이 낸 사람이 되었고, 그것도 모자라 기획자 친구에게 따로 면담을 받았다. 말이 좋아 면담이지 대체 왜 그러냐고 혼이 나면서 쭈구리처럼 입 닫고 있는 시간에 가까웠다. 당시 솔직한 심정은 '하… 젠장… 장기 자랑 연습하는 줄 알았으면 이 동아리 들어오지 말걸' 하기 싫은 마음이 한가득이었다. 막심한 후회가 밀려오는 와중에도 연습에 빠질 때면, 굉장한 죄책감이 일었다. 이딴걸 왜 연습해야 하는데, 근데 또 왜 맘 편히 확 빠지지도 못하는데. 벌금으로 응당 대가를 치르면서도 마음은 늘 불편했다.

학생회비 10만 원과 벌금으로 냈던 꽤 많은 돈(액수가 기억나지 않는다)이 아까워서 죽을 지경이다. 지금에 와서 돌려받을 수도 없는 그 돈을 내가 자발적으로 납부했다는 사실도 억울해 미치겠다. 나는 속했던 집단 내에서 납득되지 않는 규율이 있어도 그저 따르는 게 당연한 거로 알았다. 마음에 안 들면 그냥 안 하면 되는 건데 그랬다가는 모난 사람 취급을 받을 게 뻔하니까 참았다. 아니지, 사실 안 참으면 안 되는 줄 알아서 참았다.

케케묵은 기억이 물밀듯이 떠오른 건 〈감시와 처벌〉이라는 책 때문이다. 철학을 좋아하는 친구가 술자리에서 책 이야기를 풀어낼 때 확 흥미가 돋았다. 도저히 원본을 이해할 자신은 없어서 요약본을 곧바로 주문했다. 〈감시와 처벌〉이란 책도 미셸 푸코라는 철학자도 처음 알게된 것이다.

요약하면, 감옥의 역사를 통해 그 안에 숨겨진 권력을 발견하고 한 개인의 신체를 권력이 어떻게 조종하는지를 다룬 책이다. 푸코는 감옥이 공장, 학교, 군대, 병원과 같은 기관과 유사하다고 말한다. 사회도 사람의 몸을 통제, 금지하기 때문에 우리는 권력 앞에 노출될 수밖에 없다는 뜻이다. 결국 사회는 감옥과 크게 다르지 않다는 것이다. 내가 이해한 방식으로 한 번 더 정리하자면, 나는 지금까지 학교를 지나 직장을 거치면서 내가 의식하지 못했을 뿐 통제하기 쉽게 길들여졌다.

책을 읽고 나니 그동안 아무것도 모르고 조종당하고 있었다는 사실이 분통했다. 결국 자기들 편하자고 인간을 시스템에 가두고 사육한 거나 다름없지 않은가. 그걸 이제야 명확하게 알았다니. 인간은 이래서 배워야하는 건데(책을 완벽하게 이해하진 못했을 거다. 그렇기에 지금의 해석은 매우 주관적이라는 것도 알고 있다). 물론 개념을 몰랐어도 자주 '이건 뭔가 아닌 것 같아'라는 불편한 기운을 느끼며 살긴 했지만, 이 책을 일찍 접했더라면 확실히 더 빨리 깨달았을 게 분명하다.

어렴풋이 짐작하는 거로는 결코 나의 세계가 개벽할 수 없다. 그 많던 규범들이 자꾸 납득이 안 되었던 건 내가 비정상이라서가 아니었다. 그 사실을 알아차렸을 뿐인데 기지개한 듯 개운한 기분이다. 더 늦기 전에 지금이라도 알게 되어 다행이다. 지금부터라도 원하는 대로 살면 되는 거 아니겠는가. 나는 이제 탈옥범이 되고자 한다. 기분이 무척 나이스하다.

내 배에 있던 돌덩이

한동안 배 속에 돌덩이가 딱 앉아있는 것 같아 끼니를 자주 걸러야 했다. 간단한 음식도 소화해 내는 게 어렵다 보니 음식을 삼키는 일 자체가 어려운 과업처럼 느껴졌다. 툭하면 체했고 머리가 깨질 듯이 아프면 속을 게워 내지 않고서는 정상 컨디션으로 돌아갈 수가 없었다. 최악의 경우를 상상하며 위내시경 검사를 받고 결과를 기다리며 조금은 두렵기도 했는데, 혹시 모를 걱정과 달리 위는 너무나 깨끗했고 식습관을 건강하게 유지해보라는 뻔한 조언만 챙긴 채 병원을 나왔다.

이런 과정이 주기적으로 반복되었고 도무지 원인을 찾지 못해 답답한 날들을 보냈다. 꼭 위가 아니더라도 원인 모르게 아프다 보면 건강한 몸으로 되돌리기 위해 뭐든 할 기세가 된다. 역한 냄새를 견디며 양배추즙도 꾸준히 먹어보고 좋다고 소문난 카베진도 비싼 배송비 얹어서 구매했다. '뭐가 소화기관에 좋다더라' 하면 당장 실천해 가면서 위가 튼튼해지길 빌었다. 그러던 중에 소화를 도와준다는 복부 마사지를 알게 되어 속이 뻥 뚫릴 것 같은 기대를 품고 여기저기 수소문하기 시작했다.

마사지샵을 뒤지며 문의해보고 집 근처에 있는 업체를 발견했다. 이름은 무언가 매력적이지 않은 '얼짱몸짱' 압구정점. 얼짱도 되고 싶고 몸짱도 되고 싶은 것은 기본적인 욕망이지만 당장은 소화짱이 되고 싶은 마음으로 그곳을 찾았다.

우선 시험 삼아 한 번 받아보기로 하고 배를 깐 채로 누워 사장님을 마주했다. 사장님은 내 배를 만지고 누르면서 아주 속이 꽉 막혔다며 어떻게 살아왔냐고 한숨을 푹푹 쉬었다. "그러니까요. 저 정말 너무 죽을 것 같아요." 지푸라기 잡는 심정으로 방문했는데 사장님의 손길은 너무 따스하고 시원했다. 배 속에 자리 잡은 돌덩이가 정말로 내려간 듯한 느낌을 받았고, 틈나는 대로 사장님의 손길을 찾게 됐다. 어느 날 사장님은 합리적으로 서비스를 이용하라며 회원권 결제를 권유했다.

10회권에 50만 원을 결제하면, 1회당 5만 원으로 일회성 결제보다 저렴하게 이용할 수 있었다. 장기적으로 계산할 때 이득이더라도 10회권, 20회권을 끊게 되면 몇 개월은 업체에 저당 잡히는 기분이 들어 웬만하면 회원권은 끊지 않는다.

그런 나의 신념도 무너질 만큼 사장님 손길이 만족스러웠기에 큰마음을 먹고 50만 원을 결제했다. 마사지를 받을 때마다 정성스레 배를 주무르는 사장님의 노동력을 고작 5만 원에 살 수 있다는 게 오히려 송구했다.

169

3주 만에 방문 예약을 잡으려고 전화를 걸었던 날, 도무지 통화가 되지 않았다. 하루 종일 틈나는 대로 전화를 걸어봐도 부재중의 연속이라 조금 불길한 마음이 들어 퇴근길에 마사지샵을 들러보기로 했다. 건물 2층으로 올라간 순간 텅 빈 내부와 정신 사나운 분위기가 느껴졌다. 세상에, 혹시 망한 거야? 다급한 마음으로 양옆에 있던 상가에 문의를 해봐도 아는 바가 없다고 한다.

　이런 위험 때문에 절대로 회원권을 구매하지 않았는데, 우려했던 현실이 눈앞에 닥치자 손이 떨렸다. 진정하자. 다음 날 바로 본사에 전화해서 자초지종을 설명했다. 사전에 아무런 연락도 없이 갑자기 업체가 사라져버리는 게 말이 되는지, 어떻게 된 사정인지 따져 물었다. 본사에서는 해당 지점 사장님이 독단적으로 도주한 상황이라 나뿐만 아니라 다른 회원들에게도 사기 피해에 대한 보상을 진행 중이라고 했다.

　그럼 내 50만 원은, 아니 2번 사용하고 남은 40만 원은 어떻게 되는지 물었더니 2가지의 방안이 있다고 한다. 타지점에서 남은 금액만큼의 서비스를 제공받거나 현금으로 돌려받는 방법이었다. 다만, 현금 보상은 기약 없이 기다려야 한댔다. 빠른 보상을 원한다면 다른 지점에서 서비스를 누리는 게 속 편한 방법이었다.

  불편을 감수하더라도 당장 받을 수 있는 보상을 선택하기로 하고 서약서와 신분증을 제출했다. 필요에 의해서 업체를 방문할 때는 몰랐는데, 억지로 가야 한다고 생각하니 8번이나 남은 서비스가 짐처럼 느껴졌다. 손해를 보기는 싫어서 꾸역꾸역 사당까지 오가며, 그래도 본사가 있는 업체라서 이 정도의 보상이라도 가능한 게 얼마나 다행이냐고 나를 달랬다. 첫날부터 다정하게 내 배를 정성껏 주무르며 걱정해주던 사장님. 아이를 낳으려면 배가 따뜻해야 한다고 미래의 아이들까지 걱정해주던 사장님은 대체 무슨 연유로 도망가야 했을까.

  애초에 사기 치고 도주할 작정으로 나에게 회원권 결제를 유도했을까. 업체가 있었던 상가를 지날 때마다 그 사장님은 어디서 무엇을 하고 지낼지, 그때 사건으로 법적인 처벌을 받거나 후폭풍을 치르셨을지, 어디에선가 나처럼 배가 아파 찾아오는 손님의 배를 정성껏 주무르고 계실지 궁금하기도 하다.

또 손 떨리게 무서웠던 몇십만 원의 사기 행각이 지금에 와서는 별일도 아니었다고 너그러워진 연유가 무엇인지 모르겠다. 살아보니 인생은 만만하지 않아서 궁지에 몰리면 뭔들 못하겠냐고, 오죽하면 그랬을까 하는 이해심이 솟구치는 것일까. 다행히 지금은 소화불량으로 고생하는 일이 현저하게 줄었다. 대체로 문제없는 날을 보내고 있는데, 고통받던 시절이 생각나지 않을 만큼 말끔하게 치유된 연유를 도통 모르겠다.

모든 일을 꼭 논리적으로 설명할 수 있다고 믿는 사람은 아니라서 갑자기 정세랑 작가의 어떤 글이 떠오른다. 그녀 역시 숱하게 응급실 신세를 질 만큼 위경련으로 고통받던 시절이 있었다고 한다. 내가 그랬듯이 내시경을 해도 아무 문제가 없었는데 증상만은 확실해서 고통받았다고. 20대 후반이 되면서 위경련이 사라졌는데, 작품을 발표하면서 심리적으로 큰 도움이 된 것 같다고 추측했다. 그러면서 표현하고 싶은 사람은 표현해야 한다고 전한다. 그러지 않으면 몸이 아프기 때문이라고.

　나 역시 숱하게 고생하던 날들을 지나 이유 없이 편안해진 날들을 보내고 있다. 자연스레 정세랑 작가의 문장에 신뢰를 두는 편이다. 밝혀낼 수 없는 병의 근원은 늘 스트레스로 귀결되듯이, 오랜 시간 배에 돌덩이를 키워오던 시절은 스트레스가 유독 심하던 시절이 아니었을까 싶다. 터뜨리지도 못하고 꾹꾹 눌러 담기만 했으니 마음이 건강할 리 없었다. 다시 머리가 깨질 듯 아프고, 토하고, 밥을 제때 못 먹는 악순환의 고리로 들어가지 않기 위해서라도 표현하며 살아야겠다. 그런 의미에서 글쓰기는 나의 위장약이 되어주는 것 같기도 하다.

황현산 선생님도
아직 모르는 것이 많다고 했다

내가 얼마만큼이나 세상 물정을 몰랐는지는 취준생 시절 꿈꾸고 있던 직장인의 미래상을 보면 알 수 있다. 꿈꾸던 직장인으로서의 '나'는 하이힐을 신고 또각또각 소리를 내며 걸어 나가서 커피 한 잔을 산 뒤에 조금은 미숙하지만 문제없는 운전실력으로 회사까지 막힘 없이 드라이브. 문을 열고 탁! 차에서 내리면 한 손에서는 커피 한 잔이 들려있고, 보무도 당당하게 회사 안으로 입장하는 그림이었다.

먼저 취업한 친구에게 이런 모습을 그리며 부럽다고 하니 친구는 어이가 없다고 빵빵 웃었다. "야 그런 직장인은 세상에 없어."

친구의 말뜻을 머지않아 이해할 수 있었다. 현실의 나는 장롱면허 소유자로 운전대를 잡는 일이 공포였고, 겨우겨우 일어나서 지각만 안 해도 감사한 현실에 모닝커피? 환상 속에 나의 게으름은 미처 계산되지 않았던 것이다. 뛰어야 할지도 모르는 정신없는 출근길에 하이힐? 발목이 부러져도 상관없다면 모를까, 있던 구두도 다 버려야 할 판이었다. 더구나 출근길 지하철에 앉아서 가는 건 운이 좋을 때나 가능한 일. 그냥 서 있어도 진이 빠지는데, 구두를 신고 장시간 서 있으면 이미 출근도 하기 전에 녹다운되기 일쑤다.

내가 그린 직장인의 환상은 사실상 출처가 드라마였다. 드라마 속의 여주인공은 하나같이 예쁜 옷을 입고 출근하여 동료들과는 멋지게 협업하고 프레젠테이션을 하면서 떠는 법도 없다. 그야말로 모든 일은 일사천리고 결정적으로 그지 같은 꼰대 문화는 잘 없다. 세상을 아름답게 배웠더니 현실을 마주했을 때 무척이나 어지러웠다. 내가 입사한 출판사에는 삐까뻔쩍한 건물도, 잘생긴 남자 직원도, 심지어 엘리베이터도 없었다. 이상하네, 드라마에서는 첫 출근부터 발이 꼬여서 막 넘어지고, 그럼 그걸 부축해준 직원은 하필 같은 팀 사원이고 여차여차해서 사랑에 빠지고 그러던데. TV 속 직장인의 모습이 핑크빛에 가까웠다면 현실은 그냥 잿빛이었다.

"더는 못 해 먹겠다!"

현실과 이상의 차이가 어느 정도여야지, 이건 안 되겠다. 뭐니 뭐니 해도 첫 직장을 그만두게 된 결정적 이유는 사람이었다. 사람들과 부대끼며 일하는 것이 그렇게까지 힘들 줄은 미처 몰랐다. 퇴사하며 딱 하나 바라는 것이 있었다면 무슨 일이 되어도 좋으니 혼자 할 수 있는 일을 가지는 것이었다. 1인 사업체나 프리랜서일 텐데, 그런 것들을 해내기에는 지극히도 능력이 없었다.

무슨 일이 있어도 회사로 돌아가는 게 싫어 발버둥을 치다가, 대학교 몇 곳에서 계약직으로 일했다. 책임과 의무를 딱 계약직만큼만 하면서 미래를 궁리하려는 목적이었지만 현실은 오히려 반대였다. 책임과 의무는 정규직 이상으로 시키고 대우만 계약직인 경우가 태반이었다. 내가 그리던 이상과 현실의 차이를 또 한 번 목격한 것이다.

미처 모르는 이상과 현실의 차이는 아직 마주하지 못했을 뿐 더 많이 있을 것이다. 세상을 아직 모른다는 말은 축복이면서 불행이다. 더러운 꼴을 덜 봤다는 측면에서는 축복이고, 언젠가는 알아야 하는 종류의 것이라면 매를 늦게 맞는 것이니 불행이다. 인생의 깊이를 알려면 고통이란 필수 불가결한 요소일까.

그저 걱정 없이 지금처럼 해맑은 모습으로 사는 일은 불가능할까. 나이 먹는다고 다 어른이 되는 건 아니라는 말이 고스란히 나를 지칭하는 언사가 될까 봐 두렵기도 하다. 그렇다고 해서 고통을 굳이 찾아 나서는 것이 옳은 선택인지도 모르겠다. 언제 맞을지 모르니 억지로라도 먼저 매를 맞자고 들이미는 꼴이 될 테니.

　이런 상념들이 왔다가 또 지나가지만, 그저 오늘 할 수 있는 것을 하며 하루를 보낸다. 황현산 선생님도 아직 모르는 것이 많다고 했는데, 내가 모르는 것 투성이인 게 덜 부끄러워도 될 것 같다는 속 편한 생각을 하면서.

네이버로 검색하면
옛날 사람이라는데요?

퇴사 후 남아도는 시간을 꽃시장 나들이로 채우곤 했다. 콧노래를 부르며 이름도 모르는 꽃들을 마음껏 구경하다가 제일 마음에 드는 꽃을 골라 집으로 가져온다. 돌돌 말린 신문지를 풀어서 꽃가위로 줄기를 다듬고 화병에 꽂아두는 과정은 내 마음에도 꽃을 피웠다. 무인가를 좋아하게 되면 더 많이 알고 싶어지는 사람답게 꽃을 더 알고 싶어졌다. 갑자기 플로리스트 자격증에 욕심이 생겼다.

남아도는 시간도 큰 강점이었다. 한번 도전이나 해보자는 마음으로 내일배움카드를 발급받았다. 모든 자격증 취득의 시작은 필기시험이다. 실기 시험에 앞서서 필기시험을 준비해야 했다. 집에서 멀지 않은 학원에 등록하고, 설레는 마음으로 강의실에 들어섰다. 학생 신분으로 앉아보는 게 정말 오랜만이다. 몰라도 사는 데 지장 없는 꽃 이름과 관련 지식을 모조리 흡수하겠다는 의지로 똘망똘망 눈을 뜨고 정자세로 앉았다.

"찰칵!"

고요한 강의실에 갑자기 카메라 소리가 들렸다. 뒤돌아보니 한 학생이 PPT 자료를 휴대폰으로 찍고 있었다. '선생님이 눈앞에 있는데 막 사진을 찍어도 되나?' 괜히 눈치가 보여서 쭈볏쭈볏하는데 선생님이 말한다. "다 찍으셨어요? 다음으로 넘어가도 될까요?" 예전 같으면 누가 수업 시간에 사진을 찍냐고 혼났어야 당연한 일인데, 오히려 선생님이 사진 찍을 시간을 따로 주고 있었다. 고급 정보는 노트에 받아적을 줄만 알던 나는 살짝 충격을 받았다.

요즘은 아이패드 없는 대학생이 없다더니 내가 모르는 새에 강의실 풍경도 많이 변해 있었다. 그러고 보니 어린 친구들은 정보 검색도 유튜브로 한다던데. 네이버에 검색하면 옛날 사람이라고 누군가 말했었다. 고생스럽게 욱여넣어야 머리에 남는 줄 아는 옛날 사람에게 그저 카메라 버튼 하나로 노트 필기를 대신하는 공부는 있을 수 없는 일이다. 사진첩에 있는 PPT 화면은 꺼내기도 귀찮을뿐더러 다시 봐도 핵심이 눈에 들어오지 않을 것 같다.

그런데 막상 수업자료를 사진으로 남겨보니 의외로 괜찮은 듯하다. 우선 팔의 고통이 사라졌고 휴대폰만 있으면 어디서든 복습할 수 있다는 장점이 있었다. 안 해봤던 걸 새롭게 해보는 데는 이런 매력이 있었다. 몰랐으면 어쩔 뻔했어? 그런 마음을 안겨 주었다. 불편함을 무릅쓰고 새로운 걸 자꾸 해보는 건 나를 한 뼘 정도는 확장시켜 준다. 뭐가 됐건 이 정도의 불편함만 기꺼이 감수한다면, 이 정도의 노력만 잃지 않으면 될 것 같다. 어쩌면 그게 전부일지도 모르겠다.

피아노 연주회를 망쳤어도
연습은 계속된다

혼자서 연습하고 혼자서만 피아노를 치다가 어느 날 문득, '이렇게 집에서만 치는 건 무슨 의미가 있지?' 하는 생각이 들었다. 나도 완성된 연주를 뽐내고 싶었다. 가장 쉬운 방법은 피아노 동호회를 찾는 것이었고 그렇게 처음 동호회 활동을 하게 됐다. 가입해 놓고도 낯선 사람을 만날 생각에 벌써부터 체할 것 같아 몇 달을 망설이다가 용기를 냈다.

처음 동호회 모임에 나간 날은 남 앞에서 처음 연주를 한 날이다. 아직도 무슨 옷을 입었는지 기억하고 그날의 온도, 습도, 분위기까지 모든 게 생생하다. 쉬운 두 장짜리 악보를 연주하면서도 UN에서 연설하는 사람처럼 온몸을 떨었다. 손이 떨리고 다리가 떨리고 심장은 두근거리고 총체적 난국이었다. 당연하게도 연주는 엉망이었다. 그런 개망신은 난생 처음이었다.

　그날의 울적함을 기억한다. 사람들 앞에서 벌벌 떠는 내 모습에 자존심이 상했는지 아무도 관심 없는 나만의 두려움 극복기가 시작되었다. 틈틈이 모임에 나가 공개 연주에 익숙해지려 노력했다. 참여 횟수가 늘어날수록 아주 조금씩 나아졌다.

　그리고 지난달, 코로나로 침체되어 있던 동호회에서 오랜만에 연주회가 열렸고 또 한 번 두려움 극복기에 도전하게 되었다. 연주자로 참여 신청을 해놓고도 잘할 수 있을지 걱정을 거듭하며 열심히 연습했다. 대망의 연주회가 있던 날, 낯선 사람들 틈에 앉아 순서를 기다렸다. 10명의 연주자 중에 나는 7번 순서였다.

1번 연주자는 무대로 나가 차분하게 피아노 앞에 앉더니 갑자기 악보 따위는 필요 없다는 듯 보면대를 내리고는 굉장한 연주를 보여주었다. '세상에. 악보를 다 외우고 저렇게 어려운 곡을 치다니.' 나는 갑자기 더 떨리기 시작했다. 심장은 요동쳤고 이대로 냅다 집으로 가버리고 싶었다.

1번 연주자만 그런 게 아니었다. 뒤이어 2번부터 6번 참여자까지, 여기가 정말 취미 동호회가 맞는지 의심스러울 정도로 놀라운 연주를 보여줬다. 모두가 거리 두기 기간 동안 연습에만 매진한 것일까. 10명의 연주자 중에 가요를 연주한 사람도 내가 유일했다. 다들 클래식 곡을 어찌나 화려하게 연주하던지.

이대로 참가비고 뭐고 그냥 집으로 튀어버릴까 싶은 마음이 일었지만, 열심히 마인드 컨트롤을 하고 순서를 기다렸다. 내 차례가 되자 에라 모르겠다 하는 심정으로 연주를 했다. 차라리 집에 가는 게 나을 뻔했다. 손이 떨리고 다리도 떨리고 중간에 악보까지 놓치며 폭망의 연주를 선보였기 때문이다.

연주회가 끝난 뒤 또 한 번의 울적함을 기억한다. 처참한 기분을 안고 갔던 식사 자리에서 연주자들의 피아노 역사를 듣게 되었는데 왜인지 부끄러움은 더 커졌다. 그 안에는 피아노 전공자, 취미 피아노 경력 15년 차, 퇴근 후에도 매일 1시간 이상 꾸준히 연습한 사람들이 있었다. 모두가 하나같이 나와는 비교가 안 될 정도로 피아노 경력이 길었다.

누구보다 피아노에 진심이라고 자부했는데, 나보다 한 수 위인 사람들은 또 이렇게나 많이 있었던 것이다. 당연하고도 단순한 이야기지만 나보다 더 피아노를 잘 치는 사람은 나보다 더 열심히 연습한 사람이었다.

빨간 모자로 유명한 영어 유튜버 신용하 선생님의 세바시 강연을 본 적이 있다. 영어를 잘하고 싶어 하는 사람은 많지만, 다수가 실패하는 이유를 설명하며 이런 말을 했다. 나보다 성공한 사람은 하기 싫은 일을 나보다 더 많이 한 사람이라고.

영어 공부에 힘이 부칠 때 강연을 보고 굉장히 공감하며 힘을 냈었는데, 따지고 보니 영어에만 국한된 이야기가 아니었다. 모든 분야에 똑같이 적용되고, 이는 피아노를 치는 일에도 마찬가지였다.

피아노곡을 연습하는 과정은 지난하고 또 지난하다. 능숙하게 연주하려면 연습하는 동안 열등함을 정면으로 마주하게 된다. 피아노를 사랑하기 위해서는 이 과정을 피할 수가 없다. 필연적으로 직시해야 하는 나의 열등한 순간들은 얼마나 많았던가.

나의 구린 피아노 연주를 견디고 또 견디는 시간만이 더 나은 결과를 가져다줄 것이다. 열등함을 직시하고 견뎌내는 과정이 끊임없이 반복될 뿐이다. 그리고 그건 피아노가 아닌 다른 것에도 마찬가지다.

조금 더딜지라도
확실한 성장

취미로 피아노를 즐긴 지도 벌써 6년째다. '어쩜 이렇게 한결같이 못 칠까?'라는 생각이 늘 따라다닌다. 6년이면 짧지 않은 시간이고, 미친 사람처럼 피아노만 치던 시기도 있었는데 말이다. 아무리 열심히 쳐도 제자리인 것만 같고, 도무지 발전이 없는 것 같아 허탈해지곤 한다. 틀리는 구간은 여지없이 반복해서 틀리고 새로운 곡을 도전할 때마다 초견은 여전히 느리다. 피아노에 앉을 때마다 한계에 부딪히는 나를 만난다.

보통 실력은 계단식으로 늘기 때문에 변화가 눈에 보이지 않는 거라 말하는데, 계단이고 엘리베이터고 나는 모르겠다. 새로운 악보를 펼쳐도 몇 번의 터치를 거치면 한 곡이 바로바로 완성되는 경지에 오르고 싶은 마음이다. 이런 욕심쟁이. 자고 일어나면 실력이 놀랄 만큼 확확 늘었으면 좋겠다.

욕심에는 가당치도 않은 실력에 울적하던 날, 책장에 꽂혀있던 뚱뚱한 악보 모음집에 눈길이 갔다. 처음 피아노를 배울 때부터 지금까지 연주했던 악보가 차곡차곡 쌓여있는 파일이었다. 누군가는 사진첩이냐고 물을 만큼 뚱뚱해진 파일의 맨 앞장에서 두 장의 악보를 발견했다. 6년 전 학원에서 처음 받았던 악보다.

다시 보니 너무나 쉽고 단조로운 모양새에 새삼 놀랐다. 라라랜드 OST 연주를 꿈꾸며 학원에 갔는데, 당시에는 원곡 악보를 치기에는 어림도 없는 실력이었다. 수강생의 목표와 현실을 좁혀주기 위해 학원에서는 악보를 편곡하여 제공하는 서비스가 있었다. 올림표(#)도

내림표(b)도 붙어있지 않은 단조로운 두 장의 악보가 취미 피아노의 첫 시작이었다.

학원 등록 후 첫날의 느낌은 잊을 수가 없는데, 쉬운 악보를 연주하는데도 나는 분명 헤맸고 어려웠고 바보 같았다. 녹음한 연주를 친구에게 자랑하며 엉망이라고 함께 깔깔 웃었던 기억도 선명하다. 그런데 지금에 와서 6년 전의 악보를 보다가 스스로 놀라버렸다. 그렇게 헤매던 악보가 이렇게 쉬운 거였다니. 화음도 없는 한 줄짜리 악보를 보면서 음 하나하나 어렵게 찾아 눌렀다는 사실이 생경했다. 인간은 역시 제멋대로 기억을 새기는 것인지, 그동안 처참했던 과거 실력을 싹 다 잊고 있었던 것이다.

참 이상하게도 열심히 할수록 피아노는 해도 해도 안 되는 난제 같았다. 하지만 왜곡된 기억이 아무리 날 속여도 6년의 간극을 확실하게 증명하는 악보가 있었다. 지금 연습하는 곡의 악보와 첫 번째 악보의 차이를 눈으로 보니 발전은 너무나도 명확했다. 나는 다만 느릴지라도 확실하게 성장했다.

6년을 연습했음에도 쌓인 시간이 무용지물 같았는데, 시간은 사라진 것처럼 보여도 꾸준히 쌓였고 차곡차곡 변화를 만들었다. 나는 비록 느릴지라도 확실하게 성장하고 있다. 내가 일으키고 싶은 변화는 결국 속도보다 방향이 더 중요할지도 모르겠다. 6개월이 걸리든 1년이 걸리든 드뷔시의 달빛을 연주할 수 있다면 충분한 것처럼. 제자리를 맴도는 것 같아 울적해진다면, 다시 한번 처음 배웠던 두 장의 악보를 꺼내어 나에게 보여줄 것이다. 내가 얼마나 확실하게 성장했는지를.

착하면 호구라는 착각

연합동아리에서 만난 공대생 친구가 있다. 공대라는 환경은 익히 우리가 아는 것과 같아서 그의 주변에는 남자 동기들이 꽤 많았다. 친구의 제안으로 한양대 공대생과 서울 어딘가에서 밥을 먹고 차를 마셨다. 첫 만남에 상대를 사랑하게 되는 일은 드물어서(특히 소개팅에서는 더더욱) 안타깝게 그와 사랑에 빠지지는 못했다. 연락이 없어 나행이라 생각하던 무렵(주로 거절이 어려워 차라리 연락이 안 왔으면 할 때가 있다) 학교 축제에 놀러 오라는 문자를 받았다.

두 번 보고 싶을 만큼 반한 상대는 아니었지만 다른 학교 축제에 놀러 가는 일은 꽤 로맨틱한 데가 있어서, 로맨틱한 상황만이라도 살짝 빌리고 싶다는 생각에 가겠다고 답했다. 약속한 시각에 그를 만나 저녁을 먹으러 가는 길에 종종 그의 친구들을 만났고, 대체로 "우우~~~", "오오~~~" 하면서 나와 그를 놀리고 싶어 했다.

학교 건물을 가로질러 한참을 걷다 보니 횡단보도 건너편에 군인들이 보였다. "어머, 여기는 군인이 참 많네요." 서울 한복판에서 군인 무리를 본 것은 처음이라서 조금 신기해했더니 그가 깔깔 웃었다. "저건 군인이 아니고 예비군이에요. 머리 봐요. 머리가 다 길잖아요. 군복도 다들 엉망으로 입었고." 뭐지? 술은 마셨지만, 음주운전은 아니라는 아이러니 같은 말은? 나는 조금 당황했다. "군복을 입었는데, 군인이 아니라니 무슨 소리예요?" 진심으로 황당해하는 나에게 저 군복 무리가 왜 군인이 아닌지, 학생들임에도 왜 단체로 군복을 입고 있는지를 설명해주었다.

여대에 다니던 나는 학교에서 단체로 예비군 훈련을 한다는 사실과, 대학생 신분으로 함께 예비군 훈련을 받는 게 편하기도 하다는 사실을 결코 알 수 없었던 것이다. 자초지종을 듣고 나니 민망해서 한참 웃었다.

나는 잘 모르는 것을 상대가 친절하게 설명해주는 순간들을 좋아한다. 쫑알쫑알 묻고 가만히 귀 기울이는 순간이 로맨틱하다고 느껴서다. 어디까지나 상황 자체가 그렇다는 것이지, 상대에 대한 내 마음과는 무관하다. 비록 그에게 반하지는 않았지만, 그 순간만큼은 연애하는 것처럼 느껴졌다.

밥을 먹고 우리는 학교로 돌아갔다. 날씨는 적당히 좋았다. 마침 노천극장에서 교내 노래자랑 행사가 있었다. 밥을 먹고 나서 딱히 갈 곳이 없던 우리는 그곳으로 걸어갔다. 나란히 앉아서 한양대 학생들의 노래를 들었나. 평소에 전국노래자랑을 즐겨보지도 않다 보니 그다지 흥미로운 축제는 아니었다.

그러다 마지막 즈음에 한 학생이 부른 노래에 귀가 쫑긋했다. 너만 있으면 다이아몬드고 뭐고 나는 다 필요 없다고 열창하는 그녀에게서 얼핏 가수의 기운을 느꼈다. 내가 들어본 앨리샤 키스의 〈If I Ain't Got You〉 커버 중에 단연 으뜸이었다. 그녀의 이름도 얼굴도 모두 기억에서 흐려졌지만, 그 노래만큼은 아직도 귓가에 맴도는 듯하다.

대단한 노래를 들었더니 긴장이 풀린 것인지 화장실에 가고 싶어졌다. 나는 어엿한 어른이었으니 충분히 혼자 갈 수 있다고 했음에도 그는 같이 가주겠다고 따라나섰다. 화장실에 들렀다가 다시 노천극장으로 돌아가는데 심장이 쿵 내려앉았다. 갑자기 그가 내 어깨에 손을 올렸기 때문이다. 겨우 두 번째 만남에서, 특별한 관계가 아닌 우리 사이에는 조금 과한 스킨십이었다.

당황한 나머지 뭐라고 말하지도 못하고 얼음처럼 굳어 그대로 노천극장까지 쭉 걸었다. 기분이 조금 상했지만 티내지 않았다. 두 번 다시 볼 일이 없다고 생각해서 더 숨겼다. 어차피 오늘만 잘 넘기면 괜찮다고 생각하면서. 헤어질 때 인사를 하면서도 그를 향해 끝까지 웃어주었다.

집에 도착하니 긴장이 확 풀려서 마음 놓고 그의 연락을 무시할 수 있었다. 답을 하지 않았음에도 계속되는 그의 문자와 전화가 신경 쓰여 번호를 차단해버렸다. 계속 열심히 도망쳤는데도 그는 끝을 몰랐다. 전화와 문자로 연락이 되지 않자 나의 SNS 계정까지 찾아내서 사과의 메시지를 남겼다. 아무래도 소개해준 친구의 계정에서 나의 흔적을 찾아낸 것 같았다.

줄기차게 씹는 것이 이상해서 자기 행동을 되짚어 보기라도 한 것일까. 그러나 나는 끝내 답하지 않고 한 번 더 도망치고 만다. 연락을 무시하는 나에게 끊임없이 노크해대는 모습을 보며, 나를 불편하게 만든 폭력에 대해서만 생각했다. 그때의 상황에 대해 불과 얼마 전까지도 나에게는 아무런 잘못이 없다고 믿었다. 그런데 지금 와서 뒤돌아보니 나 역시 상대에게 일종의 폭력을 가했다고 생각한다. 과연 나의 행동에는 아무런 문제가 없었느냐 하면 전혀 아니라고 답하지 못하겠다.

과거의 나는 종종 스쳐 지나가는 주변인들이 조금 이상한 것 같아서 고민이 많았다. 어느 날은 친구와 넋두리를 하다가 나름의 해결책을 받았다. "사람은 누구나 상대 봐가면서 행동하잖아. 자꾸 그런 사람들이 엮인다면 너한테 문제가 있을지도? 그렇다고 네가 무조건 잘못됐다는 건 아니지만, 분명 너의 어떤 면이 그런 행동을 하게 만들었을 거야." 당시에는 어려서 그랬는지 친구의 말이 조금 야속하게 들렸는데, 이제는 어떤 의미인지 알 것 같다.

내가 좀 더 똑 부러졌다면 어땠을까. 그가 어깨에 손을 올리는 순간 발끈하는 것까지는 아니더라도, '죄송하지만, 어깨에 손 올리는 건 조금 불편해요.'라는 말 한마디만 했다면 좋지 않았을까. 마음에 들지도 않는 상대의 초대에 응하고 그를 향해 웃어준 것까지 나의 잘못으로 치부하고 싶지는 않다. 그건 사기 피해를 본

196

피해자에게 정신을 똑바로 안 차리니 그런 일을 당했다고 비난하는 것과 다를 바 없어서다. 다만, 불쾌한 상황에서 침묵하는 일을 더는 하고 싶지 않다. 한때 큰 고민이었던 '내가 그렇게 만만한가?'에 대한 답은 상대에게 찾을 게 아니라 내가 내릴 차례다. 만만한 사람이 되지 않으면 되는 것이다.

따뜻하고 다정한 사람을 좋아하고 나 역시 그런 사람에 가까워지고 싶지만, 그건 결코 만만하고 호구 같은 사람이 되고 싶다는 게 아니다. 그동안 나는 착한 것과 만만한 것을 구분 짓지 못해서 갈피를 잡지 못했던 거다. 언뜻 보면 '착함'과 '만만함'은 합집합 같지만 그렇지 않다. 다정하고 좋은 사람이지만 호구가 되지 않는 첫 번째 관문은 상대가 나를 함부로 대할 때 도망가지 않는 것이다. 아무 때나 도망가는 것은 이제 그만할 때도 됐다.

물음표보다 느낌표

나는 주로 묻는 쪽이었다.

옷을 고르면서도 "이거 예쁘네. 사야겠다!"라고 말하는 대신 "이거 어때? 나한테 어울려?"라고 물었다. 옷고르는 정도의 질문이라면 답이 틀리더라도 그냥 스타일 조금 구리면 그만이다. 나는 그런 사소한 것에만 물음표를 띄웠던 게 아니다. 인생에서 가장 중요한 결정이 필요할 때도 밖을 향해 물었다. "A가 나을까, B가 나을까?" , "갈까, 말까?", "살까, 말까?" 나보다 남을 의식했기 때문이었지만 동시에 나에 대한 확신이 모자랐다. 더 자세히 말하면 '나'에 대해 잘 몰랐다. 내가 무엇을 좋아하는지, 나는 무엇을 할 때 행복한 사람인지 말이다. 잘 모르겠으면 연구해야 하는 게 먼저인데, 누구라도 결정을 내려주면 좋겠다고 생각했다.

타인과 함께 무언가를 정할 때도 대체로 "너는 뭘 먹고 싶어?", "너는 뭘 하고 싶어?"라고 묻는 쪽이었다. 흔하디 흔한 식사 메뉴를 정할 때도 먹고 싶은 것을 먼저 꺼내는 일은 드물었다. 기저에는 내가 먹고 싶은 것을 친구가 싫어하면 어떡하지 하는 걱정이 앞서기 때문이다. 이것은 싫다고 단호하게 말하지 못하는 내 성격과도 연결이 된다. 인간이란 상대를 이해할 때도 나의 범주 안에서 이해하기 때문에, 으레 내가 못 하니까 상대방도 그러겠지 하는 것이다.

무던하고 편인히다는 평판을 들어온 이유도 이런 성격 때문이다. 내가 싫어하는 메뉴를 골라도 '그래, 친구가 먹고 싶다는데 같이 먹어주자.'라며 기꺼이 상대에게 맞춰주는 쪽을 택했다. 상대가 무슨 제안을 해도 "응응. 난 좋아. 다 괜찮아!"라고 말했지만, 속마음은 'A도 B도 완전히 싫은 건 없으니 네가 더 원하는 걸로 내가 맞출게.'에 가까웠다. 그러나 실제로는 A보다는 B가 높은 확률로 좋은 경우가 많았다. 결국 '싫지 않음'과 '좋음'은 다른 영역인 것이다. 아무거나 다 괜찮다고 말했지만 내가 진짜로 원하는 것은 명백하게 있었던 게 사실이다.

몇 년 전 직장에서는 4명의 멤버가 고정 점심 메이트로 함께 식사를 했다. 점심시간이 다가오면 '오늘 뭐 먹지?'가 화두지만, 좀처럼 튀어나오지 않는 메뉴 선정에 애를 먹다가 요일별로 담당을 지정하기로 했다. 해당 요일마다 담당자가 먹고 싶은 것을 고르면 나머지는 싫더라도 다 따르자고 합의한 후부터 식사 메뉴를 고르는 게 어렵지 않게 되었다.

점심 협약을 맺은 후에는 있는지도 몰랐던 식당이 선택지로 나오고 매번 새로운 메뉴가 등장하여 더 이상 고민할 필요가 없어졌다. 그때 새삼 깨달았다. 누구나 명확하게 원하는 것이 있다는 사실을. 어느 때는 배려한다고 마음을 숨기거나 때로는 유심히 관찰하지 않아 미처 몰랐을 수는 있겠지만.

요즘은 "느낌표!"를 쓰며 살고 있다. 내 기준에 더 큰 의미를 두고 무엇보다 내가 좋으면 묻지 않고 그냥 한다. 내가 내린 답이 정답이라서가 아니라, 스스로 답을 내려고 노력한다. 그러면서 조금 더 편안해졌다. 타인의 선택은 결코 내 마음을 들여다봐 주지 않는다.

오늘도 거절을 못했습니다

초판1쇄 발행 2023년 09월 15일

펴낸이 이지현
펴낸곳 Book Around

디자인 이지현
표지 디자인 유혜은
로고 디자인 유혜은
교정교열 심영석

ⓒ 이지현
E-mail laalalaa.jh@gmail.com
Instagram @laalalaa.jh

ISBN 979-11-984263-0-7 (03810)